路從書上起

惟得 著

目錄

4 大道迢迢別墅悄悄

5 字字每每站起來

目錄

5 字字每每站起來

6

兜轉台灣

7

後記

惟伽里渥斯的得著——《路從書上起》序

惟伽里渥斯的得著——《路從書上起》

麥華嵩

英語有一個形容詞「vicarious」，我素來覺得很有趣。網上《劍橋字典》給它的解釋，是「以看、聽或讀去體驗別人的活動，而非親自進行那些活動」，也就是「安樂椅上的旅行家」之類。「安樂椅上的旅行家」這句話，好像有貶義：人家揹著行囊流汗走路和擠交通公具，vicarious者則優閒地旁觀一幕幕掙扎，可說既懶且「宅」。最極端的例子，是觀看體育活動，例如足球。你半躺在舒適的沙發上，呷著啤酒或汽水，定睛注目於電視熒光屏；熒光屏上兩隊各十一人，則在九十分鐘之間於綠茵場上來回奔走，為了將一個球送到敵方龍門裏而傾盡全力，在所不惜。你做觀眾的，可不是vicarious地感受別人的戲劇？

我不是剛說「戲劇」嗎？戲劇卻正是要觀看的。一臺戲沒有了觀眾，也不知還是否符合「戲」的定義。原來生命中有很多活動，是必須有人去當vicarious的角色的。又以旅遊為例：旅行家以至探險家歷盡艱辛遍訪異境之後，當會很希望別人知道他們的事蹟，或與別人分享他們的遭遇；亦即是說，他們會很歡迎vicarious的觀眾。再延伸出去，一切藝術都有vicarious的成份。無論看畫、聽音樂、看電影、看舞台劇、讀小說、讀散文——包括惟得先生《路從書上起》的文字遊歷——都是安坐家中，vicarious地隔著不同媒體，體驗別人的觀感。

王國維曾以「隔」與「不隔」論詩。誠然，從創作者如何道出個人性情的角度看，「隔」與「不隔」是有境界之別的。但是，從觀者的角度看，欣賞藝術總有基本上的、vicarious的「隔」。我們何嘗不可以視「隔」為一種樂趣，甚至一種藝術？譬如閱讀的過程，總包括讀者受文字刺激而在心中燃亮感受，二次創造自我體驗；而一切創造，都可以視為藝術。

本書各篇文字，都能推動讀者vicarious地欣賞古今中外的藝術家與風土人情，自行在心中有創意地燃亮感受。當中不少簡截精僻的記述，寫及的都是著名哲學家與藝術家（主要是作家），從十四世紀意大利的薄伽丘（〈薄伽丘一日譚〉）、十九世紀德國的尼采（〈打一個噴嚏結識尼采〉），說到二十世紀與二十一世紀加拿大的門羅（〈門可羅艾麗絲〉），還有日本的夏目漱石（〈夏目秋波〉）和島崎藤村（〈黎明前拼貼島崎藤村〉），中國的曹雪芹（〈紅樓外的綠洋〉）、魯迅（〈老虎尾巴動土〉）、老舍（〈老舍開小差〉）和茅盾（〈聽靜默說茅盾〉），還有我們的西西（〈看西西的新房子〉）、吳煦斌（〈作家藏品一覽——看《恍惚的，遙遠的，隨即又散了》展〉）和也斯（〈在馬蒂斯旺斯教堂捧讀也斯〉），等等；以上列舉的作家，還不及書中提到的一半，可見本書如何縱橫馳騁於時間與空間、國族與文化。書中文章常常以作者到訪藝術家故居為主題，作者會細緻入微地描寫途上所見所聽，無論路上交通還是故居小擺設與房間設計，並提及藝術家創作與生平，寓嘆謂和賞識於眼前事物。字裏行間還可能蘊含對藝術家時代的感慨，例如〈塔裏的男人〉寫瑞典戲劇家史特林堡，談及他曾經有反猶太主義傾向，還好晚年改變了觀點……當年（十九、二十世紀之交）的歐洲，正是瀰漫種族與性別的偏見，你可以說文中的幾句帶過，是對歷史作微言大義的側寫。整本書都充滿類似的觀察，讀後教人回味再三。

想深一點，本書其實有特別多層次的vicarious元素。首先，是過去或現在的藝術家觀看生活後的創作；然後，是本書作者觀看藝術家的創作和他們留下的生活足跡；再然後，是我們讀者觀看作者觀看藝術家的創作和生活足跡後寫下的文字。換個說法，就像是一個人看一幅畫，畫中又有一個人看一幅畫，畫中之畫卻還有另一人看一幅畫中之畫中之畫！本書還有一篇文章〈幽靈國度〉，是作者寫同事往印度旅行時發給他的電郵記述，亦即是連旅遊的人也不是作者，vicarious更添一層。然而，這才是趣味所在：不同的視點、不同的感受、不同的經歷、不同的詮釋，在層層觀者之間互相對照、共同參詳、互相對話，交織複式、綿密的靈性音樂，締造我們這些「終端 vicarious」參與者的享受。

若你認為我說得無必要地複雜，不妨現在就翻到正文看看！畢竟，無論你管或不管不同的 vicarious 層次，本書各篇文字都可堪咀嚼，例如〈不易預卜的劇作先生〉繪形繪聲地形容一個似乎不太認識易卜生的「導遊小夥子」，或者〈作家藏品一覽——看《恍惚的，遙遠的，隨即又散了》展〉透過白描展品抒發情思，都非常好看，亦有輕輕的幽默感，像是細膩清醇之餘也散發芳香氣泡的意大利 Prosecco 酒。

而我還未說到書末的一組臺灣遊記文章——沒有了藝術家主角，而代之以土地、文化、生活，從旅遊車拋錨說到湖光山色和百貨公司，直至全書壓卷之章，敘述在旅途上買瑪瑙玉鐲送給母親的前後，字句融貫觀察和情思，亦好讓我們讀者不斷二次感受充滿色彩的經歷，繼續 vicarious。

純作音譯的話，英文的「vicarious」或可變為中文的「惟伽里渥斯」。既然如此，亦姑以本書不少篇章的起題方式，將作者「惟得」二字嵌於本文題目，聊博各位一粲，拋此試筆之磚，忝引讀者賞覽惟得先生珠玉之文。

二〇二〇年二月

結識尼騷

打一個噴嚏結識尼采

下了巴士，還要走一段路，才來到德國哲學家尼采在瑞士小思瑪莉亞的渡假屋。剛才乘車從聖摩里茲出發，沿途是色彩喧嘩的大酒店，有人在湖上滑浪乘風箏，穿過富豪渡假區，一間綠窗的白屋在下午兩點半的陽光下打瞌睡，雖然誠心來朝聖，倒有點擾人清夢了。說是渡假屋，這座素淨的小樓房更像唱葛利果聖歌的修道院。

二樓的工作室就很簡陋，面積已經不大，左邊擺一張牀，上鋪奪目的深藍牀褥，卻是既高且窄，幾乎一翻身便有掉落懸崖的可能。說是工作室，少不了硬綳綳的長桌和木椅，多看幾眼只教人腰酸骨痛。長桌的另一邊倒有一張藍地繡花墊褥的沙發，這樣的奢侈品，想是會客之用。牆上開一扇窗，尼采文思閉塞，大可以踱步窗前，欣賞花園裏綠色的雪篙紫色的風鈴草，渡假屋對開巍峨的阿爾卑斯山脈，因著外牆阻隔，卻與尼采少了眼緣。晚上讀書寫字，油燈如豆，上天保祐他一雙眼睛。工作室外釘著一個「尼采在這裏工作生活」的牌子，卻不見有廚房，工作室內也沒有炊具，難道尼采苦練成仙？猛然想起樓下的展覽廳，原本是一間家庭式的雜貨店，但願那戶人家照顧尼采的膳食。二樓也沒有浴室，工作室內倒有陶製的白水壺白面盆，桌下不忘放一個尿壺，尼采生活所需，相信都在工作室內解決，有點似摩登時代的單身公寓。長篇累牘素描尼采的工作室，並不是想提供室內設計的藍圖，只想突出「清苦」兩個字。尼采本來是巴塞爾大學的知名教授，當時雖然因為健康欠佳退了職，如果他願意，大可以與當地的富豪同流合污，住大酒店牽貴婦狗，他寧願委屈自己，相信是想剖白自己對斯巴達式訓練的嚮往，他崇尚意志全能的形而上學，心目中的超人與高貴人，為了長遠的目標，有抵抗折磨與忍受痛苦的能量，如果他懂得中文，必定會引用孟子的名句「天將降大任於斯人也，必先苦其心智，勞其筋骨……」表明心跡。他是文藝哲學家，可以把斗室看成篷萊仙境，他形容小思瑪莉亞是「世界上最可愛的角落」，還嫌不夠，再加上：「住在這裏真好，讓宜人的冷空氣圍繞，大自然真奧妙，同時充滿節日氣氛與神秘——老實說，我喜愛小思瑪莉亞，多於其他地方。」他說的倒是真心話，始自一八八三年，每年夏天他都來小思瑪莉亞避暑，直至一八八八年，他精神完全崩潰為止。

樓下十六個陳列櫃，這就概括了尼采的一生。我們看到他祖宗的世系圖，他早年在瑙堡寄宿學校，其後在波恩與萊比錫大學與同學的合照，他在大學時期似乎頗為活躍，先後參加了漢康尼亞同好及語言與文學學生會，另外就是他著作的初版。因為印刷不精美，封面多已褪色，然而一個個書名如雷貫耳：《查拉圖史特拉如是說》、《偶像的黃昏》、《瞧！這個人！》……。教人不敢輕視，尼采於一八六八年大學畢業，次年便受聘為瑞士巴塞爾大學的教授，事業可算一帆風順，瑞士離意大利不遠，陳列櫃就有他旅遊威尼斯、羅馬和都靈的紀錄，他也相識滿天下，友好包括男爵、名作家與歌劇作曲家，其中以他與華格納的友誼最為人津津樂道，兩人相差三十一歲，他卻對華格納心悅誠服，談論音樂之餘，也嘗試作曲，陳列櫃就有他填的五線譜，取名《生命的頌讚》，生命真的厚待他嗎？在毫無預告的情況下，他精神失常，陳列櫃也有他在巴塞爾和吉那精神療養院的紀錄。尼采一生循規蹈矩，連物理學家愛恩斯坦也兩度風流，為生命塗抹色彩，尼采的生命只像一張白紙，等著他寫下哲思。可能正如威廉英奇的戲劇，在正常起居作息的壓抑下，最容易孕育歇斯底里。眼前驀然出現尼采的死亡面具，我對死亡面具欲拒還迎，它既提醒我不想面對的現實：無論聲名多麼顯赫，總有閉眼窒息的一刻。只是一個響噹噹的名字突然賦予眼耳口鼻，又令我驚嘆科技的神奇。展覽以尼采在洛肯的墓地作結。至於他妹妹伊麗莎白福斯特．尼采演繹兄長的哲學理論時引起的反效果，算是餘波未息。尼采妹妹後來還與友人彼得加斯特共同編輯尼采的遺稿選本，無論在編輯方針與材料兩方面都引人詬病。一位文人的悲劇，就是這樣誕生吧？不食人間煙火專心創作，總有旁人韜光養晦，把原稿竄改得不成模樣。

一個理智的人突然失去理智，總是傳奇的好材料，電影最喜歡化腐朽為神奇，自然不肯放過機會。《當尼采哭泣》（二〇〇六）就陳述尼采失常後就醫的經過。今年匈牙利導演貝拉塔爾告別影壇之前，也追尋令尼采發瘋的都靈馬的下落。身體力行向尼采脫帽致敬，卻是德國猶太籍醫師奧斯卡雷維。拾級而下，尼采渡假屋特別闢出一個偏廳紀念雷維。我孤陋寡聞，對雷維全無認識，趁機補課。印象最深刻還是雷維寫給希特拉的一封公開信，發黃的信紙招貼在陳列櫃內，三十多張，座臺打字機的字粒像黑蟻在眼前爬行，我站著一口氣讀完，驟然感覺世界顯得明亮一點。雷維的信令我回味，不是因為納粹黨猖獗時他明目張膽警告希特拉別拿尼采的哲學當宣戰牌，而是他對尼采的死心塌地。一八八三年詩人約翰大衛遜提起尼采，是英文著作的第一次，三年後，雷維游說英國兩位出版商刊印三部尼采著作，結果全部滯銷，雷維連累出版商負債纍纍，先後倒閉。雷維卻不肯罷休，繼續把尼采的著作翻譯成英文，一九〇七年他繼承了一筆小遺產，索性孤注一擲，自資出版《善惡的彼岸》，總算贏得一小撮讀者群，尼采得到這位忠實擁躉，可說死而無憾。

雷維提到當初介紹尼采給英國的出版商，他們完全摸不著頭腦，他要把名字裏的音節拆散，逐一為他們拼讀，吐出尼采的名字時，發出的輔音更惹起他們發笑，說雷維口中呼出的空氣彷彿受到阻滯，有若打噴嚏。嘿！打個噴嚏便結識到一位哲學家，其實也算因緣際遇。

原載《蘋果日報》「蘋果樹下」版二〇一一年十一月二十七日

盧騷心居未落成誌喜

清道夫領先在車頭，像個走天涯的風流劍客，把手中的鐵杵揮舞成戟，撿拾車上的同事開動機器操作的圓掃未能清理的垃圾。餐廳外的女侍應把一張張餐桌搬到街頭，鋪上枱布還未罷休，像繡花般襯上餐巾、刀叉和玻璃杯。各自忙碌，似乎都沒有放開懷抱看一眼工作地點的對面，就是瑞士哲學家兼小說家盧騷出生的故居。看在遊人眼裏，只覺得他們身在福中不知福，拾得寶物也只當爛銅鐵。然而他們或者已經知道，甚至曾經進入故居瞠目結舌，只是每天在這區工作，日出日落，時間久了，新奇都變成習慣。只有我們這些遊人大驚小怪，按著地圖轉彎抹角來到旅遊景點，看見二樓兩個露臺圍有雕花欄杆，外牆貼有盧騷的頭像，配搭兩個桂冠，辛苦揹在身上的攝錄儀器總算大派用場，先拿數碼相機拍攝數幀硬照，再從背囊掏出手提攝影機掃蕩一番，接著興沖沖衝上二樓。這就是身為旅客的優惠，可以從異國街頭的一點微塵，看到耀眼的寶石。

改名「盧騷空間」的故居，存心與現代科技同步並進，客廳劃出六個展覽區，字畫般的掛軸從天花板垂下來，鏤刻著一度流行的粗線條版畫，有兩個展覽區還附加銀幕與座椅、彩色風景畫、盧騷年青時的肖像、他著作的插圖……不時在眼前閃現。掛上視聽導遊的耳筒，還可以聽到巴洛克音樂與旁白，我們悠然踏進十八世紀的空間，如果幸運，旁白說的甚至是自己國家的語言。我倒懷念追隨真正導遊穿堂入室的時刻，聽他們說屋主人的故事，想像主人在傢俬間走動的情形。當科技發展到手提電話的貼身階段，我們又懷念古時收音機引發的白日夢。請恕我貪得無厭，懷舊總是浪漫的，我只不過作好心理準備，走入盧騷用浪漫主義裝飾的心居。

名人的心居未必燈火通明，可以有蛛網塵封的陰暗角落，第一個展覽區定名「日內瓦與薩瓦的童年」，就不時傳出骷髏骨碰撞的聲響。未滿十六歲盧騷便被迫離開日內瓦，從此告別童年，輾轉來到薩瓦，結識了華倫斯男爵夫人，經她栽培，接受音樂教育，四年後他更以身相許。霧水情緣維持了六年，盧騷驀然發覺男爵夫人的金屋另藏情夫，頓時把痴情拍殺成「牆上的一抹蚊子血」，素淨的女栽縫萊瓦索倒是牀前明月光。萊瓦索陸續為他育有五子女，他重遇男爵夫人，蚊子血二度開成梅花，月光頓顯暗淡，他把子女全部遺棄在孤兒院。直到晚年，他才與萊瓦索補行婚禮。一七四九年亨利菲爾丁在英國寫成《棄兒湯姆瓊斯的歷史》，瓊斯在靈慾間的掙扎，彷彿就以盧騷為藍本。《湯姆瓊斯》問世的一年，盧騷的前程更上層樓，他無意中在報章看到一段徵文啟示，題目是〈藝術與科學復興，究竟腐化還是淨化道德？〉他有感於心，一口咬定科學腐蝕性靈，洋洋灑灑寫成〈論科學與藝術〉一文，順理成章當了時代的發言人。

盧騷由普通人成為名人，不是搖身一變，需要自己努力爭取。十歲被父親遺棄後，他不甘於當刻板師的學徒終老，先後更換不同職業，像試穿適合自己尺碼的鞋。三十一歲當法國駐威尼斯共和國大使的私人秘書，實際執行外交使節的職務，親身體驗政治架構，以為對號穿靴，大使卻始終把他當作聽差男僕，一雙鞋依然憋腳。

四十二歲他撰寫〈論人類不平等的起源和基礎〉，想是有感而發。盧騷成名較遲，然而他累積了豐富的人生經驗，落筆份外有力。第二個展覽區定名「政治與社會制度的批評」，強調的就是這一點。五十歲發表〈民約論〉，更為政治理想國提供藍圖，書中的名句是：「人生而自由，卻無處不活在枷鎖之中。」政府為了保障人民的自由，應該把規模儘量縮小，與人民保持契約關係，由人民自行組織的代議機構充當立法局，通過討論達成人民的共識。人民為了掙脫枷鎖，應該踴躍投票提出公共意志，倘若政府違反契約，可以用起義的方法推翻。盧騷還政於民的理論，聽在現代人的耳裏不足為奇，在美國還未爭取獨立，法國還未宣示人權的十八世紀，卻如平地一聲雷。

不讓菲爾丁專美，一七六二年盧騷也寫起小說來，單看書名《愛彌兒》，別名《關於教育》，就知道這是一本言志重於言情的作品，根本他是哲學家，可能會覺得思想能像過於黑白的版畫，所以滲入戲劇性平添彩筆，企圖擴闊讀者群，政治理論之外，他又闖出一條新路。第三個展覽區取名「教育哲學家」，慶祝的就是他這方面的成就。他首先從英國哲學家約翰洛克吸取養份，洛克認為人生下來心靈只是一塊石板，沒有任何記憶思想裝載，盧騷引申開去，認為教育的主要任務是保持這塊石板一塵不染，也保留孩童本來完美的人格，《三字經》裏的唸白「人之初，性本善」，幫助我們理解盧騷的出發點。他又師承杜威，識別到環境的力量可以駕馭教育的成就，教育家要懂得控制環境，孩童本性天真脆弱，教育家的任務不在催生他們的成長過程，而是儘量令他們享受自由快樂的時刻。從生澀到成熟，人經歷不同階段，教育要用不同形式因應每一個發展過程，課程取決於了解人的天性，教育需要個人化，每個心智各有不同。每個孩童都好動，精力過剩有時會被好奇心取代，心理活動是生理活動的直接發展，盧騷要爭論的是孩童對於超越他們理解能力的物事，最好完全保持無知，他堅持自我發展理念的重要，孩童應該自己發現世界，感覺生命的意義，從茫無頭緒到達成結論，學生應該發展自己的完美觀念，教育家只不過推波助瀾。在《愛彌兒》裏，學生自己走完發現的歷程，即今日我們知道的「啟發式學習」，盧騷舉了一個例：愛彌兒打破窗子，因為未經修理，他開始感覺冷，於是明白空穴來風的道理。

每一個展覽區都別樹一幟大字標題。唯是第四區少了旗幟，如同無主孤魂。銀幕上映現盧騷年少清秀，附加「浪漫主義」、「情感」、「大自然」的字樣，我自求心安，姑且把這一區定名為「熱愛自然的浪漫主義者」。說是「自然」，其實譯作本性更為貼切，銀幕轉換《朱利》的插圖，《愛彌兒》前一年，原來盧騷已嘗試寫感性小說，這部全名《朱利，別名新愛洛伊斯》的作品，固然在浪漫主義佔一重要席位，盧騷也探討本性的道德觀，他認為忠於心性的倫理觀，比理性的仁義道德更有價值。社會自有律法加諸人民身上，個人應該選擇適合自己原則和感應的律法才好認同，不忠於自己的行為只會導向自毀。銀幕又換上《懺悔錄》初版的封面，眼明手快會看到幾句名言：「我決定發起一項史無前例的創舉，一旦完成，無人可以仿傚，我的意圖是向族裔提供一幅肖像，完全忠於本性，我所要描繪的人就是我自己。」盧騷於一七六九年完成《懺悔錄》，記敘前五十三年的生涯，開現代自傳的先河，他影響深遠的哲理，在一定程度上由早期的經歷決定，他果然忠於自我，很多難以啟齒的不光彩和羞恥時刻，他都不避嫌疑詳細記錄下來。

第五個展覽區定名「譴責與榮耀」，帶點先苦後甜的意味，盧騷重投祖國的懷抱，奉為至尊，不知經過多少曲折。忠於事實的人總是吃虧的，因為口直心快，不懂得曲意奉迎，最容易開罪別人。在《愛彌兒》裏，盧騷對於宗教不分敵我的態度居然引起公憤，不止成為禁書，更招致生命危險。這個展覽區並沒有銀幕映像，一塊塊鑲板記下一個個名字，方便遊人按圖索驥。首先映眼的是聖彼埃島：盧騷流亡之前，在聖彼埃島消磨了兩個月，說是他生命裏最美好的時光。其次是一幅肖像，盧騷穿著亞美利亞人服飾：盧騷逃離法國，受到蘇格蘭思想家大衛休謨熱情招待，異樣的裝束一如他獨特的哲學，一時成了英國人的對焦點。鑲板上又印有盧騷採花圖：流亡期間，他依然繼續創作，〈波蘭政府的考慮〉、〈對白：盧騷評判盧騷〉、〈孤獨步行人的白日夢〉……都不能出版，為了維持生計，他抄寫音樂，閒來卻喜歡研究花草樹木。接著是白楊島：他死後初葬在白楊島，一度成為慕名者的朝拜地。最後是先賢祠：辭世後十六年，遺骸移往法國的先賢祠。一八三四年日內瓦政府勉強同意豎立雕像。直至二〇〇二年，出生地才裝修成「盧騷空間」。

一位名人生榮死哀，總有很多人議論紛紛，第六個展覽區取名「他們這樣說」，收錄了十位名作家對盧騷的評語，多是禮讚。他生平自然有很多仇敵，伏爾泰就是為人熟知的一位，惡評都被趕出門外，博物館主持人要製造的是家和萬事興的氣氛。倒有幾位作家提供發人深省的角度。譬如島崎藤村說盧騷的《懺悔錄》：「追憶了一位弱者的人生」；安德烈布勒東則說：「盧騷從未為兒童寫作，但站在他們一邊，以前從來沒有人做到，自他之後也未有人知道怎樣做」；還是拜倫說得好：「那個自虐的雄辯家，那個充滿野性的盧騷，知道如何將瘋狂變成美。」短短幾句，畫龍點睛地引出盧騷的個性。

盧騷空間的接待員極度好客，已經超越迎賓的身分，向遊人提供家的溫暖。他親切地問好，我們幾乎與他相逢恨晚。談笑之餘，他提到盧騷的心居並未正式落成，倉卒開張不過預先誌喜，從書架上取出藍圖，主持人的構思頗具野心，要把現址改建為六層高的樓房，每層圍繞盧騷的生平思想設計一個主題。我們以小人之心聽他侃侃而談，以為他最終目的是奉勸我們捐獻，自始至終他都沒有提到一個「錢」字，對日內瓦社團支持文化活動極具信心，君子坦蕩蕩的胸懷，看到的將來都是美好。身在舊居，我忽發奇想。無疑盧騷的思想極具爆炸性，影響後來的政治架構，樹大招風，從他在生至今，不時有人站起來抗議，他發表〈論文藝與科學〉，伏爾泰已經嘲諷他把人還原為四腳爬的動物，認為野人才是完人。二十世紀後半葉，政治哲學家漢娜鄂蘭也認為盧騷提議把國家主權歸還大眾，建立單一的團結意志，崇尚民族熱情，導致法國大革命的泛濫。我知道供奉名人的博物館素來報喜不報憂，如果另闢蹊徑，在盧騷的新居特闢一室，囊括歷代人對他的評擊，讓遊人自行定奪，加添一點火藥味，只會令盧騷的形象更趨圓滿。

剝花生

花生妙筆

舒爾茲紀念館的二樓竟然設有重建的工作室，我噢了一聲，不再在夢中造人。通常四格的花生漫畫，靈巧的線條、機警的對白，引領讀者像跳飛機般逐格跳彈，最後停駐在令人會心微笑的結語。看似信手拈來，幾曾想到需要一個斗室來工作？或者天才也可以分門別類，莫扎特坐到鋼琴前，嬌嗲的音符從腦袋經過指間流瀉千里，連樂譜也未趕得及承接，舒爾茲卻像一葦渡江的達摩禪僧，來到南京山穴，需要面壁九年，才徹底參透禪機。工作室裏霉斑蛀孔的雲杉書桌就是舒爾茲面的壁，坐在桌旁，每日在白紙和蛋黃單行紙上塗塗抹抹，一段段伶俐的漫畫就這樣誕生了，其實舒爾茲比他筆下的萊納斯也成熟不了多少，要把習慣當安全毯般擁在手中，在藝術教育學院買來的繪圖板，數十年來不離不棄，紅椅坐爛了，椅背的木鑲嵌到繪畫板後當槽溝，畫線寫字的筆更要同一個牌子，聽說製作筆尖的公司行將倒閉，趕忙買入所有存貨，以後四十多年的創作生涯，全靠這百多盒的筆尖帶動靈感。

漫畫家的墨水瓶和鋼筆尖，原來也可以掀起一場文具戰爭。墨水瓶的水平太低，線條畫到一半，筆尖便乾掉，若太飽滿，又會在紙上留下水漬，舒爾茲像個戰戰兢兢的醫師，每日拿著手術刀操練，終於熟能生巧。畫史諾比狗屋的木板，要故意把筆尖傾斜，讓墨水輕輕地滴到線條下，製造木的質感，如果順著間尺畫，狗屋看來便會像個雪櫃了，舒爾茲特別喜歡畫史諾比拿著球拍的英姿，畫網球拍本身就是一項挑戰，先要看看哪些地方需要簡略，球拍中橫的直的線條，若果筆尖太濕，更會黏在一起。舒爾茲喜歡親力親為，不想假他人之手，未到最後一筆，有時候真的不知道角色的表情是否完美，就像作者未把文章付梓，心思著總想修改，諷刺的是，一個人成名後，就算犯錯也可以當作功績表彰，這算不算是盛名之累？晚年舒爾茲患了柏金遜症，畫的線條再不穩定，報業卻以為這是他自創的新風格。

美國漫畫發展到了二十世紀五十年代，混雜著超人式英雄救美故事與血腥暴力畫面，再不止是上世紀黃衣小子的純真，幾乎達到兒童不宜觀看的境地，然而漫畫積聚了多年的世故老練，倒流露出一股特異的智慧。舒爾茲在這種環境下長大，開心見誠地說自己受到萊克瑞恩（Roy Crane）的影響，克瑞恩在《畢斯索亞》（Buz Sawyer）和《優悠船長》（Captain Easy）提倡盡情歡樂的生活態度，成了日後漫畫家的座右銘。我們又不難發現《花生漫畫》與波西哥羅士比（Percy Crosby）的《小淘氣》（Skippy）不屬巧合的雷同，兩人都喜愛把孩童角色安置在簡單背景中，言詞間往往流露超越孩童年齡的機智與對生活的淺諷。在舒爾茲的地域裏，成人似乎是瀕臨絕種的生物，從未出現，只在一九五六年的一段漫畫裏傳來畫外音，孩童就是舒爾茲整個世界。我們在劇院看舒爾茲的一部生活紀錄片，早上他駕車接送五個子女上學，含笑坐在車頭，聽子女在後面爭論，看似優悠，其實暗中觀察子女的行為舉止，子女就是他靈感的泉源。舒爾茲幾乎從來沒有借用別人的意念，可是在《花生漫畫週年紀念》一書裏，他坦承一九六八年四月三日的漫畫，妙語本來出自女兒芝奧的口中。原句照錄如下：「我想我發現了一點新的神學奧秘，如果你反手祈禱，你會得到你意願相反的東西。」正是花生漫畫絕妙的語句，帶動了生命的風采。

那天舒爾茲紀念館舉辦「玩衣服遊戲」（Play Clothes），一個大男孩看得幾個花生角色在萬聖節扮鬼扮馬，沒有笑出聲來，全身卻抖得如枝葉亂墜，平日我看《花生漫畫》，頂多發出會心微笑，幾曾經歷這麼大的震撼，大男孩與舒爾茲肩摩轂擊已經擦出火花，看來我只不過是一個業餘。「玩衣服遊戲」對面一個陳列櫃擺放兩張揉皺的紙，一黃一白，畫的線條震顫不穩，下面註有年月日，都是一九九八年下旬的作品，回顧「玩衣服遊戲」裏堅挺的線條，舒爾茲得病後再無復英姿，現在甚至不能再為我們帶來歡笑，流動的是生命，固定的是古道斜陽。草稿可能不成模樣，在他塗塗抹抹間倒會開花結果，他就曾說過：「塗鴉可能是我畫得最好的東西。」只是不能付梓，工作過後，唯有把它們揉成一團，拋進字紙簍裏。他的秘書卻不甘心，孜孜不倦從禾桿撈出珍珠，拿回家裏燙平，寄存在文件夾裏，於是我們見證到舒爾茲的創作歷程，秘書小姐一點固執，看在我輩大小花生迷眼中卻是多行善舉。

原載《大拇指臉書》二〇一六年

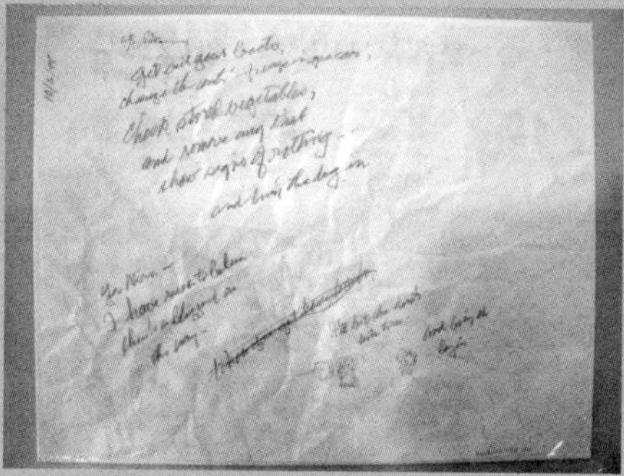

玻璃蛹裏飛出斯慈

在馬蒂斯旺斯教堂捧讀也斯

十一時半至二時之間，教堂需要午睡，像表演藝人，挨更抵夜之後喝一碗參湯滋養顏容。我們事前沒有接到通知，風塵僕僕到來，吃過閉門羹後，坐到火邊的彎腰長木椅。沒有懊惱，來時攀登一段山路，也該憩息一下。等得無聊，溜到教堂側面，看馬蒂斯在彩色玻璃窗畫裸體男女，蓋一個藍色的印章，縱使在教堂，沒有人提到風化，因著馬蒂斯之名，沒有傷害，一切都被允許。隔著黑色的鐵欄柵，教堂正面也有一幅馬蒂斯，藍色圍邊的長方形框著聖家，中央一個十字架，發放的光華像散佈四面八方的苦行螻蟻。左面的鵝蛋臉應該屬於約瑟，兩個三角形就是衣領，右邊大小不一的鵝蛋臉，代表聖母聖嬰面貼面。一家三口都沒有眼耳口鼻，也沒有手腳，一根半圓形的曲線，已經包容著擁抱。也斯的〈馬蒂斯旺斯教堂〉這樣開頭：「一切到了最後可以這樣簡約。」果然道破馬蒂斯晚年的特色，志在寫意不在寫實，寥寥數筆，已經劃定人生在世扮演的特定角色，而且一往情深。

教堂的尖頂循例豎起十字架，馬蒂斯匠心獨運，在十字架向上和左右兩方都鑲嵌一顆星，銀花閃耀。向下的一方垂到藍色屋頂，像蜘蛛絲，硬鏰鏰的鐵枝頓時顯得柔軟，回應也斯的詩句；「在不可逆轉的生命過程裏，也總有柔美的事物。」籠罩著鐘的鐵枝隆起後張牙舞爪，就真的像蜘蛛，製造鐘內有鐘的幻象。四片蛾眉月背對背，黏附著蜘蛛絲，像蝸牛爬樹，拼湊起來就是光芒四射的太陽。設計的是教堂，依然充滿馬蒂斯拿手的日月星形象。

也斯提到「可以比梨子更綠」的色素，來到教堂的進口，凝結成玻璃窗上的菱形。馬蒂斯平生鍾愛的紅色，用來髹漆教堂裏一排排的木椅。點過聖水，踏入半明半暗的殿堂，左邊的彩繪玻璃沒有打翻調色板的虹彩，主題更不是傳統的奇蹟和聖徒，大塊的青色黃色藍色，應接不暇地堆疊成葉，彩繪玻璃又梅花間竹，把白牆分隔成狹長的樹幹，追本窮源，竟是《聖經》裏的生命樹。這一邊色彩鮮明，左面的白瓷磚牆上，馬蒂斯只用黑色勾劃出雲朵，伴著中央聖家兩母子如月，都成點點繁星，左上角寫有「萬福」（Ave），卻不見「瑪莉亞」（Maria）的字樣，馬蒂斯似乎不想名字讓童貞女專用，還想到塵世的愛妻，向生命裏認識的兩位瑪莉亞致敬。馬蒂斯的造詣並不止於此，當也斯吟詠：

任天氣作主
陽光走它走慣的路
帶來四時不同的色彩

他一眼便看出端倪，左面的彩繪玻璃反照到右面的白瓷磚，隨著日影移動，有時為黑框著色，有時溜出框外，作主的依然是馬蒂斯，天氣只不過是好幫手，人與大自然的合作，像爵士樂的 jam session，演奏即興的曲調。也斯繼續：

如何嘗盡生命的盛宴
但見：
母親。嬰兒
天空
雲朵
一個穿僧袍的
葉子
花朵
生命的樹

讓我們記取馬蒂斯從當初臨摹哥耶的陰沉幽暗，到印象派的大放光明，到野獸派的狂放不羈，到晚年剪紙的反璞歸真。也斯這九行詩，已經說盡馬蒂斯的創作歷程。

祭壇背後還有一幅彩繪玻璃圖，一時看不出所以然，卻像抽象表現藝術般加添欣賞的情趣，根本馬蒂斯旺斯教堂不止是膜拜的聖殿，更像經典名著適宜再三品嚐。

像瀑布般從天花板傾瀉的這幅畫圖，惹人爭論。夥伴說是迎風招展的一面旗，上面印滿盾形徽章。我卻有想飛的衝動，鳥瞰塵世種植奇花異草的園圃，旁邊兩名訪客竊竊私語，說是神甫做彌撒時身穿的祭衣，上面繡滿月桂圖紋，馬蒂斯的作品一如也斯的詩，提供多重閱讀，異口同聲的是，畫圖上的紋理，與斜對面白瓷磚上勾劃的黑雲，形態卻又遙相呼應。

旺斯教堂完竣於一九五一年，馬蒂斯已經步入晚年，全心皈依天主，他並沒有把其他宗教摒棄門外，告解亭的花果雕飾，就源於伊斯蘭文化，我們坐在紅木椅回望，鏤空的雕花間隱露紫光，等到走近，卻又回復白色，一切都不過是彩繪玻璃窗與陽光的嬉戲，教我們想到一些教徒來到聖殿，聲稱自己聽到不同的答案，認為上主單獨與他們說話，只有他們知道耶和華的旨意，於是問題便來了。也斯詠嘆的「柔美的事物」，應該也擁抱馬蒂斯兼容並包的胸襟。

面對祭壇的第三幅牆畫有馬蒂斯的《苦路十四站》，依舊用黑筆勾畫圓形，線條卻比隔鄰的《萬福》一畫更是隨意粗糙。馬蒂斯雄心萬丈，白瓷磚就是基督受難圖的畫板，儘管每幅圖像底下都有號碼為記，驟眼看來只覺一團凌亂，引證人世間的苦難，細心留意，倒可以理出一點端倪。中心點始終是第十二號，描繪《馬可福音》裏記載的「耶穌大聲喊叫、氣就斷了。」從左面開始數，第二號基督揹負十字架，承接第九號斜放的軀體，屈膝又向上接合第十一號傾側的十字架，自成一個三角形。轉向右邊重新開始，第四號第五號都是基督揹負十字架圖，十字架的方向指往上後轉向右上角，接應第十三號橫放的天梯，又架構另一個三角形。左右兩個三角形接合，呼應教堂進口的菱形，像宇宙環繞太陽運轉。左下角第一號基督受審，左上角第十號基督給扯下衣衫，右上角第十三號基督大殮，加上右下角是教堂的進口，朝拜的起點，四平八穩，為充滿凌亂與動感的畫面平添秩序。教徒默誦福音，我低念也斯的詩句，世界為我們展露的不也是一條苦路嗎？每日報章搶著傳遞的總是壞消息，往往令我們耿耿於懷，就像

從玻璃傳來光影變化
不同的顏色
在我們的臉上變明變暗

仰望《苦路十四站》的十字架，我同意也斯所說：

每個人都可以
懷抱希望

人地生疏的致命傷是舉棋不定，譬如這次參觀馬蒂斯的教堂，乘搭巴士從尼斯出發，本來可以直達目的地，中途停站，一大群人下車，心想都是馬蒂斯迷，忙不迭追隨大隊，狠心捨棄代步的工具，等到發覺巴士不過途經聖保羅，車已揚長去得老遠。以為馬蒂斯在法國是個家喻戶曉的名字，詢問當值警察，他只當是意大利製造的跑車。山路筆直擺在眼前，我們硬著頭皮攀爬，果真陡立如筆，兩旁都不設行人路，來往車輛擦身而過，我們險些為馬蒂斯賠上性命。攀到高處，以為已是山巔，舉頭一望，山外有山，四周又沒有足可休憩的公園甚至木椅，更沒有路牌指示方向，一眼瞥見路邊伸出小小石墩，也頹然騎上去。烈日當空，汗衫緊貼浹背，也只能強忍。整裝再出發，也只是胡亂摸索，心中毫無概念。視野模糊間，猛然看到切望的藍瓦白身的屋，眼底登時開出一朵花。有些人降世前讓造物主吻過額頭，人生就是一帆風順航向成功。我們卻要轉彎抹角，到處碰壁，艱辛路始終走不完。然而生命裏總有「盛宴」，總有「柔美的事物」，比如馬蒂斯旺斯教堂，那麼剛才的迂迴曲折，想想還是不枉此行。

原載《香港文學》二〇一九年三月號第四一一期

Chapelle Matisse

CHAPELLE DU ROSAIRE

玻璃蛹裏飛出夜鶯

轉瞬間，濟慈已經遠離人世二百多年，臨終的前兩年，濟慈在倫敦租住好友約翰布朗的一廳一房，層樓就像一個禮盒盛載靈感友誼愛情。今天這間白色的都鐸小屋已經改建為濟慈故居紀念館，我們在三層的樓房上落樓梯，依然感受到濟慈的氣息，主要因為白牆斷章取義記錄他的詩句，有甚麼比詩人自己的文字更加準確地為他的生活寫下注腳？

地下室的廚房是英國攝政時期的建築風格，大碗櫃封鎖著杯碟、壺罐和廚房用具，牆壁的電燈開關下卻泄露一首詩：

在你的日子裏有多少隻大小老鼠
被毀滅？——多少可口食物被盜？

……儘管多少女僕的拳頭
多少次把你擊傷
皮毛仍然那麼柔軟

說是貓頌，也透露幾分濟慈的頑皮相，寫詩之餘，他可能常來這裏偷吃他至愛的多汁似草莓的油桃和齒頰留香的燕麥餅。他卻並不是那麼饞嘴，就曾寫過：

給我
書本
水果
法國酒
好天氣

這才是他享受的人生。旁邊水與煤炭的存放室，同時儲藏布朗與女僕歡好的謠傳，流言可以像煤炭一般黑，濟慈的反應是：

我恐怕不久會多出一雙要穿襪的小腳

更多時候，他寧願思索詩與詩人的關係：

詩應該是偉大但不招搖
深入人的靈魂
的一件事

又說：

詩的美妙
是令每一件事
每一地方有趣

反省詩人的身分，他為自己做像：

從前有一個頑童
真是頑皮得可以
甚麼也不做

只會塗抹詩篇
在英皇書院攻讀醫學，濟慈操手術刀的手同時寫詩，班妮太太的房間就留有他的詩句，關於閱讀：

面對一本書
就可以凝視世界

對詩更特別有感應，初聞荷馬，希臘文他看不懂，只聽說：

……有一個廣闊無垠的疆域
智慧的荷馬就在哪裏稱王

等到他拜讀賈普曼翻譯荷馬，一字一句可以細意推敲咀嚼，
從未吸納的純淨安詳，
聽得賈普曼意氣昂揚地說出來。

濟慈登時感覺自己
有如觀象家
發現新星座泳進他的知識海域
或者像健壯的科爾特斯，用鷹隼的眼目
凝視太平洋

拜倫寫詩，用的是他熟悉的語言，他立刻得到昭示：

拜倫！你的旋律這樣憂鬱甜美
心靈頓時顯得溫柔
彷彿柔和的憐憫，用她非比尋常的勁力
低撫哀傷的豎琴，而你剛好在場
捕捉音韻，讓它不致消逝

他又這樣衡量詩人的地位：

詩人是聖哲
談吐風趣
大眾醫師

濟慈並不甘心只扮演一個讀詩人，既然詩人身兼醫師一職，明知道醫生前途無量，也難以放棄詩的抱負，這幾句是他言志：

我們或者讀到美妙的事
卻未能深切體會
除非與作者同步並進

兩百多年後，魯迅棄醫習文，是否與濟慈同聲呼吸？涉足詩壇之後，他更是雄心勃勃：

只是時間問題
我相信死後會躋身英國詩人之列

短短二十五年生涯，他出版過三本詩集，一九一九年的六首頌詩最膾炙人口，就從他對事物的讚美，看他怎樣行雲流水。〈希臘古甕頌〉濟慈藉著觀察一個靜如處子的骨罈，誘發動如脫兔的想像，心儀的是一種靜止的美態。

人的激情遠在高處
再沒有悲傷焦慮的心
灼熱的頭腦、焦渴的舌頭

這一切超凡的情態令人感覺幸福，濟慈悟出

美是真理——真理是美
塵世上這就是你所知道的
也是所有你該知道的

這就是藝術的價值吧？至於受苦的目的為何？〈憂鬱頌〉謳歌詩人獨有的多愁善感：

當憂鬱適時垂顧
從天降下像一朵哭泣的雲
滋潤垂頭喪氣的花朵
把青山藏進四月的濃霧裏

濟慈既然認為「美麗必死」，在喜悅的寺院裏，

憂鬱就有自己的聖壇
不易窺見，除非靈敏的舌頭
嚐過歡樂的葡萄

憂鬱居然是詩人的稟賦，受苦就是靈感的泉源。〈夜鶯頌〉的主角是一隻會唱歌的飛鳥，歸根究底歌頌的還是詩歌，多愁善感發作，詩人感覺到人世間的「疲倦、熱病和煩惱」，

在這裏，人端坐互相呻吟
麻痺抖落幾根傷感的白髮
青春逐漸蒼白、衰弱、死亡

只有「躲在枝葉間不知世事」的夜鶯，可以「展開詩歌的無形羽翼」，詩人徘徊於想像和行動間，一時分不出「是幻覺，還是睜著眼睛做夢？——音樂流逝：——我是睡是醒？」詩人探究想像的角色，在〈仙靈頌〉就更是明顯。自比為邱比特，詩人被仙靈的美貌迷惑，真是現實嗎？詩人自己也懷疑：

今天我確實在做夢
還是睜眼目睹拍翅的仙靈

讓美震懾，詩人起初不顧一切

讓我加入你的唱詩班，午夜時分
婉轉詠嘆

你的音韻、豎琴、風管、幽香
從祝聖的香爐散播

卻又有所領悟：「這些日子……我目睹，我歌頌，全由眼睛激發。」仙靈其實是詩人的繆斯，詩人也就全心全意：

我要做你的祭司，在我心中
未經踐踏的地方為你建造廟堂

面對死亡，不如歡歌增長的生命，〈秋頌〉慶祝的就是一個成熟的季節，固然春天也有歌，但是，「它們在哪裏？」濟慈的提議是別去想，畢竟嚴冬之前也有秋歌，

當一團團浮雲把將逝的一天映照
用玫瑰紅輕觸收割後的平原
在河岸的黃華柳間
一群小蚊蟲合唱悲歌……

回頭朗讀〈怠惰頌〉，詩人就有點像在說反話了，通篇濟慈說自己享受慵懶，不堪愛情、雄心、詩歌到來騷擾，結尾甚至說：

去吧！精靈！自我的閒逸
上到雲端，永不回轉！

細心咀嚼他描寫詩歌的幾句，他又別有用心：

最後一位，我愈疼愛
她愈是受盡責備，這個難馴的悍女郎
我深知是死對頭，詩歌

既然入心入肺，就不輕易驅趕。藉著詩歌，濟慈不斷思索的課題包括藝術、想像、求取愛，往往要用苦痛甚至死亡換取，是否值得？

濟慈存心要當璀璨星辰，高高掛在文學殿堂，不食人間煙火。一九一八年春季，布朗寧一家遷到白屋的另一邊，與濟慈只是一板之隔，布朗寧家的女兒凡妮，開始與濟慈互通款曲，濟慈再不願意高高在上，

只願堅定不移
枕在愛人豐滿的酥胸上
永遠感覺它舒緩鼓脹

凡妮在濟慈眼中是「美麗、高貴、優雅、傻氣、時尚、古怪」的總和，給友人的信中就說：「……我真不知道怎樣向這麼美好的形體傳達愛意：我想選擇一些比明亮還要明亮的字句，比美好還要美好的言詞。但願我倆是蝴蝶，只活三個夏日——這樣的三天，樂趣勝過五十個平淡的年月。」在愛情、雄心和詩歌之間取捨，愛情忽佔上風。〈給凡妮〉的詩，濟慈更寫道：

別吝惜原子中的原子，不然我會死去
或是苟延殘喘，在你慘淡的狂歡間
在懶散的苦惱間忘記
生存的目的——頭腦的味蕾
失去知覺，雄心迷失！

可是家貧加上重病，儘管兩人交換婚戒，白屋之戀終成抱憾。

濟慈的墓誌銘甚至沒有刻上他的名字，臨終前他拜託友人在碑上寫：「這裏躺著一個人，名字寫在水面。」白地藍色的笨拙字體，傳達詩人的憤憤不平，只表明他不懂世故。濟慈其實可以安息，多少年後，我們來到白屋外的花園，看到疏落的花葉間栽種著圓鼓鼓的草莓和聚合果，就想到〈秋頌〉的起句：「霧與果實熟透的季節。」紫紅色的三色堇和純白的鬱金香，似乎試圖重新營造〈憂鬱頌〉的陰霾氣氛。

濟慈構思〈夜鶯頌〉時乘蔭的李樹，也已經繁殖到第五代。記取濟慈幾句：

不朽的鳥，你不是為死亡而出生
飢餓的世族不能把你踐踏
這晚我聆聽到的聲音，上古時代的
帝王與弄臣都有所聞

兩百多年前人們傳誦的濟慈詩句，今天我們不是繼續吟詠嗎？白屋的書房裏有一個陳列櫃，透明的心臟讓我們看到架上多本打開的書，像張開的翅膀，眨眼間書櫃真像一隻玻璃蛹，就看一隻隻成形的夜鶯幾時飛出來。

原載《虛詞・無形》文學網站二〇一九年十一月十五日

Cat!...
How many mice and rats hast in thy days
Destroy'd? – How many tit-bits stolen?
...and though the fists
Of many a maid have given thee many a maul
Still is that fur as soft...

大道迢迢別墅悄悄

不易預卜的劇作先生

奧斯陸九月的陽光可以劈頭劈面傾盆而下，就是不肯在亞賓斯一號門庭更上一層樓，導遊又不想點燈，說是參觀易卜生晚年的故居，更似在山洞裏摸索上古歷史。板間玻璃背後，易卜生寫作時伏案的書桌、構思時仰卧的低背絲絨長椅、八十秒神遊世界的地球儀，都像關在動物園的老虎，原本凶猛，已馴服成一隻隻懶洋洋的貓。

我們攀上扇形的黑色梯級，穿過淺藍色的木門，以後就算不可以用手指沾一點微塵回家供奉，也能夠站到易卜生坐過的椅後，分享他寫作疲倦時眼睛坐出窗外的沙發椅，老實說我是有點失望了，然而在保護文物的大前提下，我們唯有忍氣吞聲坐到門廊的摺椅，把淺藍色的護墊套進被環境污染的鞋，還得放輕腳步，地板依然不勝負荷，時而發出咿呀的嗚叫。

是易卜生的呻吟嗎？故居博物館展覽廳有一段文字，提到易卜生垂老之年重回挪威，改變形象，竟是難以接近的布爾喬亞分子。倘若他死而有知，得悉家門被人改裝為遊樂場，方便遊客走馬觀花，不知有何感受？文字又說除了易卜生自己、老妻蘇珊娜和兒子西古德，無人知道他私生活的細節。一次神父追問他與神的關係，他就怒吼：「這是我個人的事！」再看導遊，是個頂多二十出頭的小伙子，論理與易卜生毫無血緣關係，卻面不改容拿易卜生的軼事玩弄於口，令我莞爾。小伙子鼻樑上架一副粗框眼鏡，貼身的橫間恤只突顯他瘦削的身材，加上牛仔褲球鞋，完全是現代文弱書生的裝扮，對他又添了幾分信任，疑幻疑真追隨他穿堂入室。經過側廳，是易卜生的工作室，導遊小伙子信口開河，說易卜生遵守嚴謹的時間表，每天只從早上九時寫作到十一時半，老爺鐘乍響，文句寫了一半也不接續，分秒不爭。在自律的狀況下，他完成生平最後兩個劇本：《約翰．加布里埃爾．博克曼》和《當我們死而甦醒》。只是他喜歡躺在長椅沉思，往往呼呼入睡而致超時工作，是典型的文人工作程序。

就算歷史記載也未必可以盡信，何況是導遊小夥子的旁白，有時像加鹽加醋的緋聞週刊，拆穿了不外是無色無味的氣體。飯廳裏擺放一具鋼琴，夥伴猜測是易卜生消閒的玩具，導遊小夥子連忙搖頭，說易卜生討厭音樂。格里格《清晨心緒》的音符隨即湧上胸懷，是《培爾金特第一組曲》的開場篇，易卜生也有同名舞臺劇。展覽廳的文字沒有介紹，易卜生與格里格一見如故，特別欣賞他詩樣的才華。完成詩劇《培爾金特》，誠意邀請格里格撰寫即場音樂，如果他真的與音樂劃清界限，為甚麼又要勞師動眾？導遊小夥子聽得我長篇大論，想了一想，改口說易卜生討厭的是聲響不是音樂，噪音是寫作人的大忌，我倒可以體會。導遊小夥子還附加一句，易卜生有好幾個孫兒，只容許他們分批到訪，就是要減低屋裏的聲浪，這點卻又只能故妄聽之。

其實湮遠舊事，有誰可以保證百份百的準確性，只要說得精彩，不妨當作傳奇洗耳恭聽。來到書房，架上的珍藏本都淪為囚徒，深鎖在玻璃牢獄裏，我們無法細認易卜生心儀的經典，急忙追問導遊小夥子，他又故作驚人之語，說易卜生並不喜歡閱讀，恐防其他人的話語影響他的創作思路，書房其實屬於蘇珊娜，早上易卜生獨自與靈感角力，暫時把她休棄，她只好躲進書房，藉書本解悶，她並不熱衷文學名著，選讀的多是當時法國與西班牙的流行小說。晚上易卜生從婉轉思路回轉，她倒會為他朗讀別人的文字，至於兩夫婦怎樣在文學與暢銷書之間找一個共通點，卻又無人知曉。導遊小夥子沒有說，蘇珊娜又豈只是良伴這麼簡單。是她堅持《玩偶之家》的娜拉離家出走，她的最後通牒是：「有她就沒有我。」易卜生年輕時喜歡繪畫，蘇珊娜卻意味到他必須集中精神寫作，費盡唇舌遊說到他放下畫筆，後來西古德說：「全世界都應該感謝母親，她驅逐一個平庸的畫家，挽留一位大文豪。」

每間房都可以盛載一個動聽的故事，導遊小伙子步至客廳，提起晚年的易卜生是習慣的動物，中午循例頭戴黑禮帽腳登墊高鞋，從家門踱步到大酒店的咖啡座，當時他已成為很多年青女子崇拜的偶像，在咖啡座喝特別為他進口的德國啤酒，總有牡丹陪襯綠葉。無人知道他與年青女子的關係發展得多遠，實情是這些女子其後都無法找到終身伴侶。數度心臟病發，影響易卜生不良於行，未能再光顧咖啡座，每天中午他依然坐到客廳的側窗，眺望通往大酒店的路，想是追憶少艾同行的日子。

始終感謝導遊小伙子費盡唇舌為我們講解，然而像易卜生這樣一位不易預卜的劇作先生，怎可以藉三言兩語窺盡晚年光景？不如讓他現身說法。先讓我們自組旅行團擅闖《約翰．加布里埃爾．博克曼》的禁區，來來去去都是一座兩層高的莊園別墅，只在結尾一場劇情擴展到雪地，在狹窄的空間，我們經常聽到博克曼夫人滿腹牢騷，自從十三年前博克曼虧空公款琅璫入獄，她總覺得家族蒙上惡名，期望兒子洗脫家醜。博克曼的舊情人也有怨言，失去了博克曼，她也想爭奪他的兒子，彌補心理上的損失。平凡的開場白，倒有不平凡的鋪陳，整個第一幕，易卜生都不讓博克曼登場，我們只聽得他在樓上踱步，偶然敲打鋼琴，樓下的人竟自張惶失措。博克曼儼然是上一代的幽靈，光天化日依然造擾民居，弄致雞犬不寧。博克曼自我放逐於二樓，並無心悔過，視挾帶私逃為向銀行借貸，一時失手，也是時不我與。晚年易卜生環顧挪威垂老的一代，或者包括他自己？眼看他們擺脫不了世俗的榮耀，似乎是徹底失望了。一如博克曼的妻子與情人，他也寄望下一代，兒子得到真愛，終於擺脫家庭的魔掌離家遠去。易卜生再次匠心獨運，安排兒子的情人是一位棄婦，還比他長七歲，在十九世紀末葉的保守社會，也算走在時代尖端。在一八八五年的一次演講，易卜生提到女性與勞動階級是未來的貴族，想在他心目中，擺脫上一代的年青人也應該榮封爵銜。

移師《當我們死而甦醒》，場景轉換為峽灣附近一個溫泉區，男主角是雕刻家，也屆垂暮之年，易卜生卻為他多添一份自省。人總羨慕高處，如果眷戀的不是塵世的繁華，而是藝術又一高峰，會不會情有可原？易卜生再度施展象徵手法，第一幕影影綽綽出現一位白衣女子，蠱惑溫泉區的訪客，戲演到一半，才揭露身分為雕刻家以前的模特兒，一瞬間女子搖身一變為雕刻家的繆斯，虧她擁有鎖匙，釋放雕刻家的靈感。借助模特兒的身軀，雕刻家完成傑作，從此名成利就，模特兒卻失了蹤，儘管他繼續製作無數半身塑像，總覺得自己失掉靈魂，在溫泉區重遇模特兒，他再不肯放過機會，問題是他已有家室，全盤放棄而去追尋理想，似乎逾越倫理，結尾他還是選擇與模特兒同赴深山，遇上雪崩，兩人被沖下雪嶺。我倒不覺得易卜生懲罰主角，有時攀赴藝術的險峰，難免需要冒險，我們即管拿這齣戲對比易卜生的晚年，評論家認為易卜生後期多撰寫散文體的素描式戲劇，難免緬懷中期的詩劇比如《培爾金特》，自覺製造行貨。可別忘記易卜生也喜歡繪畫，文筆畫筆不能雙管齊下，始終感覺有所欠缺。雕塑家要從年青模特兒身上追尋靈感，也令人想起晚年的易卜生，對於慕名的年青女劇迷，來者不拒，引起蘇珊娜的微辭，我始終認為易卜生是無辜的。

從博物館出來，也不過是下午，生意盎然的一大片綠，毫無保留地從對街撲過來。初秋，樹葉還沒有脫落的心意，葉面朝天像一雙雙佛手，把陽光把玩在股掌之間，晶亮也就展露多種姿采，走過騎樓，舉頭可以看見客廳的側窗，相隔百多年，易卜生看見的可能已是不一樣的風景，綠意依然，剎那間易卜生與我竟是這樣接近。

原載《香港文學》二〇一五年六月號第三六六期

SELSKABET FOR OSLO BYES VEL
HENRIK IBSEN
1828-1906
BODDE I DENNE BYGNING
FRA 1895 TIL SIN DØD
«JOHN GABRIEL BORKMAN»
OG
«NAAR VI DØDE VAAGNER»
BLE SKREVET HER

塔裏的男人

認識史特林堡全憑《茱莉小姐》引介，也是僅此一次下不為例。這齣舞臺劇年來不斷被中外導演搬上大小銀幕，一九七〇年代香港電視新浪潮就曾經染指，改編到黑白方塊銀幕原是瑞典導演阿爾夫斯約堡的傑作，九十年代又被美國導演邁克菲吉斯彩色化，千禧年後，趁熱鬧的還有英瑪褒曼的前妻莉芙烏曼。茱莉小姐出身貴族，趁父親外出，不斷挑逗以至挑釁家中的男僕約翰，鬥爭不止超越性別階級，還探討女性的慾念、衝動的本能、父親的陰影、家族承傳的創傷。史特林堡崇尚自然主義，認為主角的行藏不馭於單一的動機。靈感來自十九世紀瑞典人對兩性的爭議、旅居歐陸的見聞、以及親身體驗，曾經為他招致歧視女性的惡名，其實他三度婚姻失敗，已經有足夠的文學素材填寫一個劇本，《茱莉小姐》的火藥味在當前的社會也可以聞到。史特林堡本來擅長歷史劇，《茱莉小姐》令他名揚海外，他並沒有被勝利沖昏頭腦，《通往大馬士革》走的是非寫實的偏鋒路線，其後的《死亡之舞》和《鬼魅奏鳴曲》都能夠為現代戲劇提供多重臉孔。史特林堡寫作生涯四十多年，一共編過六十多個舞臺劇，卻不單以戲劇鳴，還身兼小說家、思想雄辯家、詩人以至畫家，創作力凝聚有如會呼吸的計時炸彈。斯德歌爾摩仍然保留他最後的居所，闢作紀念館，我套上鞋墊踏過八樓兩房一廳的樓頭，隱隱感到一股元氣擦身而過。

休憩室擺放一座鋼琴，參觀當日，樂譜翻到貝多芬《第二號鋼琴奏鳴曲》，對上的牆壁，貝多芬的死亡面具虎視眈眈，提醒遊人住客是貝多芬樂迷。史特林堡也好客，兩種嗜好加起來就是一場又一場的音樂會。地方淺窄，依然經常勞駕兄長鋼琴獨奏，自己撥弄結他助興。年輕時他根本是業餘結他好手，經常在旅店與宴會大顯技藝。史特林堡戲稱到訪的臺款客隸屬「貝多芬兄弟會」。認為音樂提供的心靈感應，不是筆墨可以形容。然而，音樂會也可能是他的藉詞，一杯在手，他又喜歡用言辭與客人爭辯得臉紅耳赤，他是和平主義者，擁護勞工運動，反對國家窮兵黷武，詬病國人對皇室的偶像崇拜，晚年他經常在報章發表言論，攻擊當時的權威比如作家維爾納・馮・海登斯坦和探險家斯文赫定，成就著名的史特林堡爭執。筆戰的火種，相信都由家裏時常舉辦的音樂會點燃。

寓工作於娛樂，史特林堡晚年在戲劇界精心培育親昵劇場，閒時在家也把休憩室布置成舞臺的模樣。鋼琴就是燈光聚焦的地方，兩旁擺放歌德與席勒的半身像作守護神，沙發與藤椅就是觀眾席，古希臘英雄伊阿宋的石膏像和瑞典國王古斯塔夫・瓦薩的浮雕背後，加上紅色綠色的帷幕和棕櫚樹，他戲稱為月桂樹林——斯德歌爾摩歌劇院內受歡迎的咖啡座的名字。最別致是角落一個柚木杯櫃，人前他說是巴黎聖母院，本來風馬牛不相及，然而中間的板隔木門由兩邊稍高的櫃架承接，遠看果然又像被左右兩座鐘樓簇擁的教堂。睡房裏的座枱燈，玻璃罩閃現紅光的部份，他笑說是柔情電燈眨著紅眼睛，點滴的想像力，彙聚成排山倒海的名著。

書房重門深鎖，謝絕參觀，大概架上收藏珍貴易殘的書籍，不想再經遊人的摧花手。透過玻璃，依然可以看到史特林堡晚年伏案的書桌，很多作家終日耽於白日夢，懶得處理日常生活的瑣務，一見牆角有空位，便把新收到的報章雜誌扔到那裏，家居闢作貨倉。史特林堡的書桌卻是執拾得井井有條，寫作寶座面對一張偌大的吸墨紙，上面擱置鋼筆和眼鏡，圍成扇狀簇擁紙墊，從左到右，計有眼鏡盒、筆盒、足有碗深的罈子、印水刷、碟子、來自法國的墨水瓶、長短不一的鉛筆鋼筆鉗子，伸手不可及的地方擺放筆記簿、書信、報章、文件。伏在案頭，史特林堡完成《校長》、《大公路》和為報紙《風暴之鐘》撰寫的一連串文章。既然史特林堡可以把日用品擺放得有條有理，難怪他也能夠把腦海複雜的思緒梳理得有紋有路。

最後的居所不止是故居，兼任博物館。我脫去鞋墊從三間房出來，遊走到六間展覽廳。年輕時史特林堡自稱是奴僕之子、革命家及虛無主義者，他很重視貴族與低下階層的分野，名為「社會階層」的展覽廳特別強調這一點，一八九〇年間他受尼采的哲思薰陶，在小說《愚人辯論》、《賤民》和《債權人》都強調只屬於男性的智能，在《公海》裏，他更探討人與超人的關係。一九〇九年全國大罷工，他積極支持勞工運動，此後工人便以愛戴回敬，臨終前，他自稱為基督徒兼社會主義者。

史特林堡好奇心重，對多個學科都有濃厚的興趣。一八八〇年間他在四部份文化史《瑞典人民》一書，探索普通瑞典人自九世紀以降的生活。十年後，他又進軍自然科學，在散文集《抗生素》質疑傳統的科學理念，晚年更熱衷研究語言學，是基於贖罪的心態嗎？他也努力研習希伯來文，認為那是一種神秘的原創語言。在早期的作品比如《紅色房間》與《新帝國》，甚至與友人的通訊，史特林堡都有反猶太主義傾向，然而幾位為他編印書籍的出版社社長都是猶太人，他似乎恩將仇報，鑽牛角尖，為了保存雅利族人的純正血統，不惜把猶太人送進集中營的焚化爐，後期史特林堡倒是想通想透，終於承認猶太人是瑞典一支優秀的智識社群。

一八八〇年間，儘管史特林堡自稱無宗教信仰，很多時候仍然用基督徒的眼光看世事，一八八四年，在短篇小說集《結婚》，他攻擊聖餐禮惹官非，說他褻瀆神明。一八九〇年生命陷入困境，史特林堡重新衡量宗教價值觀。在小說《地獄》，他描述自己怎樣皈依宗教，卻是經過修正，符合個人主義，這方面他在後期作品《藍書》就表露無遺，其實史特林堡對印度教與佛教也有興趣。

有一段時期史特林堡頻臨精神崩潰，大量作畫算是藝術治療，結識愛德華蒙克後，對繪畫技術更有充分掌握。他並不囿於某一畫派，來來去去卻重複幾個主題，總是海景、狂潮、荒廢的沙灘上前景插一朵花。適逢一八七〇年間，油畫在歐洲找到市場，畫評應運而生，然而評論家對他的畫作譭譽參半。繪畫之餘，史特林堡在日報也發表畫論，把印象派畫風推薦給瑞典大眾，他居功至偉。他去世後，大家只記得他的劇本，倒忘記他也曾手沾畫筆。沉默多年，到了二十世紀中葉，又有人重新評價，今日很多畫評人都推崇他的作品，認出一百三十多幅畫出自他的手筆。

順理成章，史特林堡也對攝影發生興趣，先是向表親借了一幅相機初試啼聲，我們倒聽不到成果，一八八六年他認真起來，全面投入，不只撰寫評論，還多番作出實驗，數目自然不可以與畫作等量齊觀，流傳於世倒有六十多幅他的攝影作品。

史特林堡久居斯德歌爾摩，以為近水樓臺，始終未得諾貝爾文學獎評審團的賞識。一九一二年一月二十二日，他在塵世最後一個壽辰，一萬五千人在街頭召集，組成火炬遊行隊伍，浩浩蕩蕩來到他居所的露臺底下向他致意。兩月後，他獲贈四萬五千克朗，說是反諾貝爾文學獎，主要由勞動階層發起，向瑞典學院抗議對史特林堡的忽視。史特林堡的文采自劇本飛揚，卻不以舞臺塵埃落定，思想廣博，風華流向多個藝術分支。有時候史特林堡的想像力超脫我們的理解範圍，不明白他為甚麼把最後的居所喚作青塔，只肯定這個塔絕對不是象牙。

A FLEUR
AUGUST

STRINDBERGSMUSEET

五間挽留布萊希特的客房

布萊希特故居博物館的招待員誠意可嘉，接過我們的入場費，忙不迭引領我們進會客室，扭開電視，讓我們聆聽布萊希特的聲音。她自然知道我們不懂德文，然而二十世紀的科技可以留住名劇作家的音色，也算一大成就，值得向訪客推薦。可惜我對語文存有偏見，素來只覺得起伏有致的法文像一首悅耳的歌，平生未能與一位地道的法國人談戀愛，總覺遺憾。德文自然也有抑揚頓挫的時刻，少了靡靡餘音，實在不夠味道，布萊希特的聲音並不響亮，帶點沙啞，似長者訓話，我聽著只敢正襟危坐。或者我太注重聲色了，應該探究內容。忽然記得他在《伽里略》寫過的一句話：「可悲的是那需要英雄的國家。」有些人把名家的金句當作座右銘，我記性不好，聽時感激流涕，過後春夢無痕，不知為甚麼卻記得這句話。那年頭布萊希特的話劇在香港頗受歡迎，《伽里略》之外，我還看過《灰蘭記》、《沙膽大娘》和《四川善人》，特別記得他的角色老是轉向觀眾說話，提醒他們不要沉迷看戲，抽身想想弦外之音。今年遊德國，路經慕尼黑，聽說他的出生地奧格斯堡只一箭之遙，專程乘火車去朝聖。

一九五六年布萊希特心臟病發與世長辭，二十九年後，故居博物館借五間客房，企圖挽留的音容。樓上第一間房記取「雙親、童年與青年」，睡房設計：高身衣櫃、坐椅、睡牀與牀頭櫃都是柚木的棕色，襯托紅白相間的牆紙，頗為香豔。間條卻讓我想起鐵窗，似乎暗示他在樊籠裏掙扎。論理他出生在小康之家，不用為生活發愁，牆上的家庭照、玻璃櫃的銀項鏈和領洗銀器，也沒有表彰他與家人不和。蛛絲馬跡顯露在第一次世界大戰爆發後，他為支持參戰設計的一張明信片，聽說他還寫過愛國詩和散文，明信片旁邊，卻有一篇兩年後他在校報發表的文章，反抗藉民族主義之名支持戰爭，自相矛盾。大概看清戰爭的真面目，不肯再吹噓無謂的犧牲。情懷更盡情在一首牀上詩展露無遺。詩寫給剛逝世的母親，劈頭第一句說：「母親：我用我的方式愛她，她只想用她的方式被愛。」母親逝世時，他遠在柏林耕耘寫作生涯，母子關係可見一斑。他坦言自己已遺忘母親的臉，只記得她雙手老是把頭髮撂向腦後，露出巉岩般的前額，長期臥病在牀，她的身體已經瘦損得像個孩童，雙眼在人們的臉孔間游離，家人見怪不怪，練得鐵石心腸，暫時離家，沒甚麼大不了，感情留在基本層次，不肯深入，明知母親最想聽一句話，湧到唇邊，又用嬉笑瓦解，現在母親不在，想說那句話，也只能哽咽在喉間。當時布萊希特廿二歲，桎梏是發現自己的錯失，卻再不能補償。

進入第二間客房，一邊有柚木雕刻的樹向上伸展，另一邊見紅日從黑色大廈剪影初露頭角，把黃色街燈映照得蒼白。這間房有意捕捉布萊希特「大戰後到移居柏林」的心境，靈感來自他廿六歲時寫的兩部力作——《巴爾》與《戰鼓》。《巴爾》描寫一個才氣橫溢的反社會作家為達目的堅持不懈；《戰鼓》記敘還鄉的戰士與革命。當時布萊希特在大學攻讀醫學與德國哲學，又在後備軍醫院任職，雖然經常在奧格斯堡與慕尼黑之間往還，日常生活依然以家中的閣樓為軸心，慣性與童年友伴為伍，卻又渴望孤獨。德國戰敗後，君主政制解體，歸來的戰士未能適應環境滿懷苦惱，工人爭取社會共和運動此起彼伏，布萊希特蠢蠢欲動，嚮往慕尼黑的戲劇世界，卻未能擺脫奧格斯堡的家庭束縛。房間布置反映小城相對大都會，大自然相對人工藝術，正好代表他的內心曲折。

監獄主題正式出現在第三間客房，本來竊錄他「遷居柏林至流亡開始」的時期，當時他已擺脫親情的困擾，黑獄固然是《三便士歌劇》主角麥奇麥克被囚等待處決的場地，反觀布萊希特的新客觀理論：個人在群體社會感覺無名渺小、孤寂冰冷、容易調換，亦帶被囚的跡象。他研讀馬克思後，孕育史詩劇場，說人或多或少被政治環境牽制，更有牢獄的意味。悲觀之餘，他又指出只要人肯博鬥，一切都可以突破。客房另一邊的拳擊場就有這個意思。拳擊場自然是《馬哈哥尼城之興亡》的主要場景，另外也代表他新培養的興趣，在二十年代的柏林，他的口味實在多樣化，既參予拳擊與六日賽，又想染指綜藝劇場、爵士樂、灌唱片、電臺廣播，他兩度與作曲家科特威爾合作，把音樂引進《三便士歌劇》與《馬哈哥尼城之興亡》，一九三一年更把《三便士歌劇》搬上銀幕。

不是擴展環宇視野，一九三五年布萊希特完成了戲劇《第三帝國的恐懼與苦難》，就解釋了他流亡海外的原因。那是一場與國家社會主義的爭論。早在一九三三年，他已經用行動表明心跡，移民丹麥。第二次世界大戰爆發，德國擴張版圖，他又被逼再度流徙，第四間客房涉獵「流亡開始至回歸德國」的年代，左邊一張雙色世界地圖，追溯他在北半球單調重複的流亡生涯。右邊九支國旗的闊窄，本來記錄他在每個國家逗留的長短，紅黃藍的色素卻又暗示流放生涯可以多姿多彩，事實上他也曾想到向荷里活進軍，只是以他藝術家的脾氣，事與願違本是意料中事。客房中一幅太陽系圖，則是對《伽里略》一劇的反思，知識固然可以令科學家解決人類的困擾，他們在道德上也要負責任，這方面布萊希特卻很中立，他不滿科學為獨裁政府服務，也指出原子彈對人道主義造成的威脅，諷刺的是，流亡期是他戲劇創作的顛峰期，很多重要作品，譬如我在香港看過的歷史傳記、諷刺劇與民間喜劇，都在這段時期誕生，大概提煉偉大的作品，果真要經過煉獄般的煎熬。

戰後布萊希特最初寄居瑞士，一九四九年，東柏林一間劇院邀請他回國執導，他趨之若鶩，流亡期間他寫作戲劇論有如紙上談兵，這次正可以看看自己的理念怎樣在舞臺上成形。第五間客房追隨他「回歸歐洲至死於柏林」的年代，六根黑柱釘上竹籤般的路標，固然是《沙膽大娘》篷車經過的每一段歷史的站，也代表布萊希特的人生旅程。柱後的梯形向上，引導遊人仰望藍色天花板上曝光的霓虹光管，給人超凡入聖的感受。布萊希特改編古希臘劇、搬演莎士比亞與莫里哀的劇作，致力把柏林組合打造成現代劇場，在五十年代德語國家最為重要，他又經常與名演員、音樂家與藝術家合作，訓練後起之秀，經年努力修成正果，成為德國戲劇界的神祇。他的政治理念是重組社會關係，著眼於與民眾息息相關的人道社會主義。客房地板的一角畫一個白圈，靈感來自《灰蘭記》的粉筆圈，也象徵布萊希特腳踏實地的戲劇起點。

電影《世界屬於誰？》在一九三二年被禁於德國放映，布萊希特參予抗議集會，還專程旅行到莫斯科，出席影片的首映禮，自從一九二九年德國發生槍殺抗議工人事件，終其一生，布萊希特亟亟支持工人運動，一九三五年更公開在報章宣佈放棄德國公民權，同年在巴黎舉行的「第一屆保衛文化世界作家會議」發表《必須反抗野蠻的宣言》。圍繞著奧格斯堡有一道萊希河，經年累月經過溪澗與運河在地底流動，布萊希特故居博物館入口與街道之間，搭建一道短短的木橋，河水滔滔在橋下咆哮，彷彿也在宣讀一篇感情洶湧的演講辭，踏破鐵鞋無覓處，要捕捉布萊希特一生澎湃的精神活動，滾滾的萊希河就是最好的象徵。

原載《香港文學》二〇一一年六月號總第三一八期

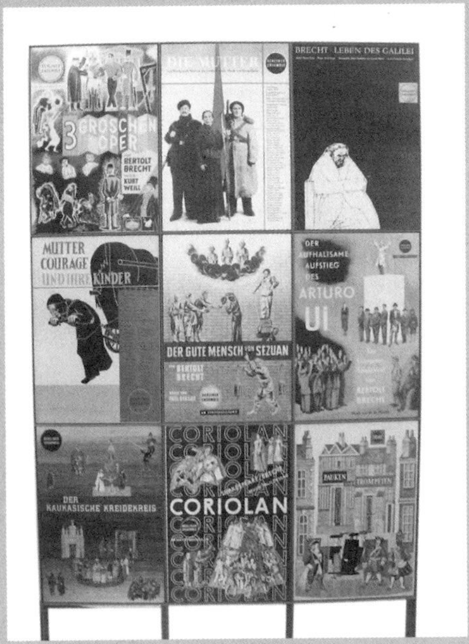
3 GROSCHEN OPER
BERTOLT BRECHT
KURT WEILL
DIE MUTTER
BRECHT · LEBEN DES GALILEI
MUTTER COURAGE UND IHRE KINDER
DER GUTE MENSCH VON SEZUAN
ARTURO UI
DER KAUKASISCHE KREIDEKREIS
CORIOLAN

Schwäbische Volkszeitung

大道迢迢別墅悄悄

「一個人的對外生活在孤寂中排遣，往往被人家的面譜困擾。一個人的對內生活在孤寂中排遣，往往被自己的面譜困擾。」面譜與尤金奧尼爾的生命唇齒相依，載運他在藝海中浮沉，難怪踏足他晚年歸隱在加州丹維爾的大道別墅，樓梯間就排列兩行面譜，底下一行掛有魔鬼面譜，兩具能劇面譜則代表年輕和年齡較長的日本女子，缺席的一副據說刻劃女子善妒，既然不懷好意，還是失蹤為妙，樓梯上的一行掛有非洲面譜，像蜘蛛般往上攀爬，奧尼爾相信面譜帶動人的本性。一九三二年他在《面譜備忘錄》就這樣寫：「我愈來愈堅信，當心理學的探索向我們披露更深邃的層面，現代劇作家想要表達深刻隱藏的心理衝突，最終使用面譜就是他們最自由的解決方案。」社交場合中，我們經常感嘆，不能從人的表情探究內心世界，不能從言語發掘對方的思想，不就是受了面譜的蠱惑嗎？坐言起行，奧尼爾用面譜裝飾大道別墅，向這充滿戲劇性的道具致敬。

奧尼爾早期沉醉在面譜的神效，劇作比如《毛猿》、《古舟》、《神的兒女都有翅膀》、《噴泉》、《大神布朗》、《拉撒路笑了》都把面譜的意念和群體的無意識發揮得淋漓盡致。他認為人世間的面譜就像華衣美服，把一個人的真實自我緊包密裹，等到我們實實在在需要表達內心感受，只覺得重重魔障。無論我們刻意或者無意識地掩飾自己，還是真正想要溝通，奧尼爾認為劇場裏的面譜，最能表達塵世交往的無能為力，從象徵的層次看，舞臺演員戴著面譜，反為讓他們看到真正的自我，這種戲劇效果既反映社會，復有心理治療作用，發展到《奇異的插曲》，獨白的介入似乎是面譜的變奏，兩個角色正在演出對手戲，動作曳止，像電影的凝鏡，其中一個角色忽然踏到舞臺的聚光處，揚聲念獨白，表達原先未曾道破的深思，角色似乎嘗試用獨白破解面譜的桎梏。

繁複的面譜見解可能會悶壞蜻蜓點水的遊客，來到樓梯對過的斗室，牆上掛滿肖像，隨口可以喊出名字的有奧尼爾的父母詹姆斯和艾拉、愛爾蘭劇作家肖恩奧凱西、法國女演員莎拉·伯恩哈特、英國小說兼戲劇家毛姆，沒戴面譜，赤裸的臉只暴露了他父親擁護的劇場的浮光掠影。父親是紐約資深的舞臺演員，憑著一張俊臉，擔綱《基度山恩仇記》顛倒眾生，他認為舞臺的表相就是藝術的極致，奧尼爾寫罷《天邊外》，邀請父親到來觀賞，這齣戲劇深受尼采的唯意志論和叔本華的悲觀思潮影響，認為世界由盲目與荒唐的意志統治，人類不能預知未來，也誤解自己，往往作出錯誤的抉擇，父親習慣舞臺的大動作，講究場面壯觀，道德界限分明，兒子的劇作觀察人性的幽微，曖昧含蓄，簡直犯規，幾乎要把《天邊外》踩成地底泥。猶幸奧尼爾存心叛逆父親代表的戲劇傳統。《天邊外》贏得普立茲獎，評語是：「由於他在劇中所表達的力量，熱忱與深邃的感情——它們完全符合悲劇的原始概念。」詹姆斯·奧尼爾片面之詞不攻自破。

驀然發現母親有打嗎啡的惡習。對於少年奧尼爾不止於揭露面譜那麼簡單，幾乎有窺破奸情的震撼，一向信奉的天主教義像危樓般倒塌，套用他自己的話語，要窮一生之力「尋找新的神祇」，在瓦礫中建立新的精神支柱，他似乎在東方的哲學思想找到根基。尤其是道家「人法地、地法天、天法道、道法自然」的觀念，更與他情投意合，加州的別墅取名「大道」，只表明他在老子的思路找到康莊大道。如果說奧尼爾其後的劇作都蘊含道家的神秘主義和清靜無為，倒又言過其實。據說他對佛學與儒家思想都有鑽研，還打算用秦始皇做主角，可能要探討儒學怎樣在暴政中掙扎求存，焚書坑儒的惡行始終把他嚇退。還是他中期的作品《馬可百萬》，最能凸顯陰陽相得，交而為合的道家思想，馬可波羅再不是卡爾維諾筆下想像力豐富的青年，在忽必烈面前，可以把看不見的城市繪聲繪影為探索世情的詩旅，奧尼爾認定他是西方物質文明的化身，對感情價值觀視而不見，他在精神方面的欠缺，奧尼爾特意塑造闊闊真公主的角色彌補，代表東方性靈的無盡境界，製造戲劇裏陰陽的相生相剋。

反映到大道別墅的室內設計，也充滿矛盾，代表洞察世情的面譜旁擺兩隻石獅子，靈感來自中國神廟門前，說要鎮壓闖席的凶靈。客廳兩邊有可及天花板的書架，藏書八千多冊，科目包羅希臘悲劇、上古文明史、尼采與馬克思的嘔心傑作、康拉德與傑克倫敦的小說、易卜生與史特林堡的戲劇，儼然是文化寶庫。客廳中央卻又鋪排五彩蟠龍地毯、烏木漆面屏風和黑漆描金木櫃，因襲始於十七、八世紀風行歐洲的中國風，奧尼爾追逐國際時尚，似乎又與道家的「儉故能廣」的精神背道而馳。奧尼爾兩夫婦似乎嚮往異國風情，多於深切了解中國文化，庭院的黑漆木門，鐵鑄的「道大墅別」四個字已經顛倒乾坤，客廳火爐柴架插著「大別」、「道墅」的兩塊標籤，更是秩序大亂。奧尼爾屢獲殊榮，是戲劇界的泰斗，到底是血肉之軀，知識也有極限，成名後也沾染了上流社會的虛榮，既然聖人也會出錯，我們也就心安理得繼續做凡人。

遊客若要處心積慮繼續追尋奧尼爾兩夫婦的東方遊戲，在二樓奧尼爾的睡房倒有端倪可察，一張籐條織面的柚木沙發牀，以前的煙民用來抽鴉片，奧尼爾躺下去，倒把人世間的積極與頹廢都想通想透，東方口味到此止步。書房又是另一個境界，木造的天花板橫樑，木質面和打扮成船長艙室的地板，處處回應他對航海的懷念。求學時受到普林斯頓大學的停學處分，一時失策令到女友懷孕，被逼早婚，年輕時奧尼爾一度頹唐懊喪，海就是他的救贖，憑藉航海經驗，他寫成《蘭凱恩號》四幕劇，總結自己對甲板生涯的嚮往，塗抹浪漫色彩，與海浪的掙扎更是人類生存的縮影，五年後《安娜．卡列尼娜》的海充滿神秘，令男女主角情感激盪，復帶治療作用，可說是《蘭凱恩號》的續篇。直到晚期的《長夜漫漫路迢迢》，奧尼爾虛構的自我愛德華．泰隆在家與兄長對話，依然幻想自己倚在船頭的桅杆，「成為白帆和浪花，成為美麗和節奏，成為月光和船和昏暗的夜空」。意猶未盡，奧尼爾更撰寫詩篇，取名〈自由〉：

厭倦城市的騷動，厭倦滋事的人群
渴望靈魂可以高聲思索的狂野海域
要逃離的是城市的璀璨，僵死一如夢的幽靈
我重新渴想老好墨西哥灣胸膛蔚藍的色調

我曾經與愚昧共舞，並非要逃避指責
我曾經啜飲所謂生之酒，付出了羞恥的代價；
但我知道終會找到盡頭，精神渴欲的休憩
在彩虹與飛濺浪花戲玩之處
在海浪熱烈的鹽吻之間

然後哎喲！為著樹皮鋪設的顛簸甲板，船員嘶啞的歌聲
從未想過我們離開的人，或我們將要做的事
也不在意燒掉後路，只想闖出小心的束縛
終於自由，在公海，毛髮吹送貿易風

奧尼爾始終肯定海洋是遠離文明的使節，可以帶來原始的狂喜，與他成長的新英格蘭文化形成強烈對比。

似乎遵從老子「不敢為天下先，故能成器長」的宗旨，奧尼爾並沒有在斗室裏張燈結彩，標貼報章雜誌的宣傳圖片，各種獎項都不曝光，如果和他不熟稔，甚至不知道他曾經榮獲一九三七年的諾貝爾文學獎，牆壁由一張航海卸任證書霸佔，書架上配搭一艘飛剪式模型帆船，牽腸掛肚的始終是乘風破浪，大道別墅卻不臨海，俯瞰當時人煙稀薄的聖拉蒙山谷，汪洋大海濃縮成後花園的游泳池，懸浮在心胸，趁帕金遜還未令手指顫抖僵化，奧尼爾削尖鉛筆，用蚯蚓般的字體，追記青蔥歲月的狂妄與痴迷。

字字每每站起來

赫塞樓頭開茅塞

隱居在深山的赫曼赫塞紀念館不易找，火車來到盧加諾，還要乘搭攀山巴士，車站偏與遊客玩捉迷藏，躲在山下一個不顯眼的角落，這才明白路在口邊的真諦，輾轉尋到，巴士不幸離去，一等就是大半小時，一個少年倒閒逸，坐在鐵凳戴著耳筒，沉醉在手提電話的音樂世界，車牌下來了一個對天咒罵的瘋漢，少年轉眼不知所蹤，過路的行人如來往的寒暑，剎那間少年彷彿長大成人。巴士這才姍姍來遲，送我們到目的地，再走一段狹窄的山路，才來到紀念館的門前，一如赫塞行行重行行的心路歷程。紀念館是修長的排屋設計，四樓的特別展覽廳不算在內，從地下室到三樓，每層代表赫塞生命裏的一個階段，赫塞說：「一自童年，情形就是這樣，人世間沒有甚麼是免費奉送，每一片幸福快樂都要努力爭取。」童年到青年見證他努力爭取的過程，不同意父母為他鋪排的教育之路，從學校逃出來，被警察抓回，關進精神病院，家長說是治療躁動的靈魂。他恐嚇要持槍自殺，才把父母嚇退。其後赫塞的職業欄填寫的應該是無業遊民，曾在工廠當學徒，也在書店幫工，做書商副手。出版了第一部詩集後，無論生活或寫作，都恢復自由身。我們在地下室看過兩部關於赫塞的紀錄片，到樓下從發黃的照片和文字撿拾他生平的蛛絲馬跡。沿梯而上，經二樓抵達三樓的陳列櫃，玻璃反映我們與櫃裏的展品接合，茅塞頓開。

家居瑞士，有一段時期赫塞卻心懷意大利，像乍驚乍喜的婚外情，紀念館的樓梯間張貼赫塞與友人並肩吸納意大利的氣息，旁邊記錄他遠離家鄉的雀躍心境。從一九〇一年到一九一四年，赫塞在友人陪同下，總共旅遊意大利四次，足跡遍及南部與中部，赫塞曾經質疑自己的浪子心態：「為甚麼我不留在家裏，（努力）工作，（慇懃地）與家人一起？心底某處總慫恿我，要切實認識飢餓與渴欲，不然我也不會站在這裏，翁布利亞一個小城鎮，離家只有百里之遙。說甚麼需要，說甚麼生活必需，難道這就是我所追求。」其後又再潤飾：「這種豐饒而又存心怠惰的流浪生涯，倚靠牆邊，坐在涼亭和石階，有種特異的吸引力，如果我完全漠視周遭的人對我心存異見，也不理會衣服骯髒，雙手沒有洗乾淨……而我正是這樣。」懶洋洋在米蘭住了數天，又漫無目標急匆匆去貝爾加莫，還未憩夠，又遠足到伊塞奧湖，他形容這些旅程「不幸地短暫」，在布雷西亞的爛貨店，他買了一張十五世紀的意大利聖母像，筆觸稚嫩，不是殿堂作品，回家後依然掛在飯廳，閒時仰望，治療思鄉情切，理想中的家園卻在外地，赫塞的浪漫心境，幾乎可以用「家花不及野花香」來解釋。他祖籍德國，移居瑞士，意大利未必是他的心靈歸宿，只因為毗鄰瑞士，一足即蹴，方便他搭建朝聖地，說是尋獲快樂自由，滿足感官經驗，精神得到淨化，其實如果阿富汗與瑞士接壤，一樣可以得到他的青睞，意大利寄託他輕狂的夢想，縱使闖蕩江湖，未必刻骨鏤心，紀念館把樓下至二樓的梯間劃為意大利區，似乎也暗示這是過渡空間。

二樓的露臺最適宜摯友聯歡，在這裏紀念館告訴我們，赫塞珍惜友誼，來他家裏作客的包括作家、歌唱家、畫家、紡織師，赫塞沒有年齡歧視，好友結婚生育，十多年後子女快高長大，也與他結為深交。好友相聚，也不是做甚麼驚天動地的事，午膳後一同散步、喝下午茶、聽莫扎特的音樂、翻閱新書，生活也就過得富足。赫塞這樣形容他的一位紅粉知己：「她嚐過生命裏的苦楚，幾乎陷於完全崩潰……卻是一個純淨、清明、高貴心靈的典範。」紅粉知己回贈一句：「赫塞的詩拯救我陷於瘋狂。」年輕畫家君特博默（Gunter Böhmer）不甘後人描述他與赫塞忘年之交：「我的畫架經常擺在赫塞的葡萄園裏，不只草稿放在他的園藝工具旁邊，大部份時間我們共同拖曳水桶和盛載肥田料的桶，清理花園小徑，其間玩一點撲克遊戲……經常收集落葉、點燃篝火、交談、沉默、共同大笑。」嘻嘻哈哈之外，赫塞經常接濟手頭拮据的朋友，他不是富裕的人，卻懂得走捷徑尋求資助，他就曾經寫信給湯馬斯曼，請他找尋財源。同情並不限於社交圈內他認識的人，第一次世界大戰期間，他提供書籍給法國、英國、蘇聯的戰犯，第二次世界大戰期間，他又幫助猶太人申請護照，讓他們順利脫掉納粹的魔掌，寰宇村未正式成立之前，他已經自動請纓做子民。

赫塞的外形在好友的口中呈現：「……一個瘦削的看來年輕的人，輪廓分明，卻擺出一副受苦的顏容……。」赫塞並不是無病呻吟，戰爭帶來恐懼，與第一任妻子感情又不協調，一度他瀕臨精神崩潰邊緣，容格就曾經對他說：「你訴說的夢境讓我體會到你已經病入膏肓。」心理醫生提供的解藥是繪畫，不恥為超齡學童，四十歲的一年，赫塞初執畫筆，從自畫像和室內靜物起步，他又會背起畫箱到戶外寫生，紀念館二樓的大廳就陳列多幅他的水彩畫，都是紅屋綠樹，其實他也愛畫山穴、陽光普照的葡萄園、教堂和鄉村，夏天暑氣炎炎，大自然豐富的色彩、有如迷宮的鄉村路、隱藏在密林的洞窟，不止滋潤他的畫筆，更督促他寫成《克林索最後的夏季》。大廳裏最矚目的展品還是一部老爺打字機，單是鍵盤就有六行，包括大小字母，卷軸放有一張紙，打出《玻璃珠遊戲》的一頁。假如說《克林索最後的夏季》是赫塞的傑作，《玻璃珠遊戲》就是他的殿堂作品，回應三十年代德國的政局，探討當時空虛的精神文化，企圖重申人性，一想已經十年。園藝成全了他，學究的腦袋逼使他追隨宇宙法則，手板眼見的園藝卻令他精神鬆弛，冥想或作白日夢，《玻璃珠遊戲》就是在這種狀態生長茁壯，打字機卻傳達赫塞的隱憂，鉛筆顯示他刪節一些段落，方便一九四二年爭取在德國出版，看來氣節與現實還是有點衝突，一個人的內心恆常是戰場。他倒是過慮了，四年後，他獲得瑞典諾貝爾文學組的青睞。

戰爭期間納粹黨的狂妄，似乎令赫塞感覺身為德國人的羞恥，來到紀念館的三樓，看到「印度與中國」的標題，淒然一笑，以為赫塞始終要到東方尋求心之所安。細讀文字，才曉得赫塞自小便與印度結緣，不假外求，祖父就曾在印度逗留二十四年，研修當地各種語言與方言，父母也在印度傳教，赫塞一度形容母親的微笑帶有遠方的迷離色彩，有種矇著面紗的智慧。意大利之外，他的行腳遠至印度、印尼和錫蘭。畫筆讓他心平氣和之後，他就想到用冥想修成正果，然而智慧到底不能鍛煉，需要親身體驗，他試圖用詩意表達，成就了《流浪者之歌》，一九二一年的作品，從東方提煉到更深邃的思想。早在一九一三年，赫塞已經寫過短篇〈詩人〉，在漸趨混亂的世界裏，企圖透過中國的詩詞確定思維的純粹，他熟讀《道德經》和《論語》，把孔子的言行作為生活的座右銘，對《易經》更有這樣的評價：「細讀書中的組合標誌，專心思量創作者基安，和煦使者太陽神，我們不是閱讀思考，倒像眺望流水仰視浮雲，書寫下來的都可以思考和感悟。」在三樓的陳列櫃，我看赫塞祖父遺傳的代罪羔羊贖罪祭像、父親繼承的印度折紙骨刀、佛祖雕像、赫塞旅行印尼的衣著、用中國書法寫的《孟子》，想起赫塞說過的幾句話：「我試圖找出並且說明，所有宗教信條和一切人類奉獻的形式都是相同的，最重要是民族多樣化，每個種族和每個人都可以堅信和崇拜。」我的心境像當前的玻璃一般澄明，生活裏的紛爭和怨恨，忽然都顯得微不足道。

原載《香港文學》二〇一八年六月號第四〇二期

Smith Premier No 1.

Hermann Hesse
e i suoi
amici musicisti
H Hesse
2

揭發玫瑰本來面目

意大利符號學家安伯托艾可不止有偷龍轉鳳的嫌疑，簡直欲蓋彌彰，當初他籌備寫小說《玫瑰的名字》，像隻獵犬般在瑞士聖嘉倫修道院嗅來嗅去，街知巷聞，等到書成，他又顧左右而言他：「我從未見過這樣美麗的修道院，這樣井井有條，儘管其後我看到聖嘉倫和克魯尼和豐特萊隱……」因為他吞吐其辭，聖嘉倫頓時顯得矜貴起來。這個晴朗的星期六早晨，我們本來可以乘街車把蘇黎世拍成明信片、到舊市鎮的農夫市場試味、在有蓋橋的湖邊向白天鵝打招呼……卻寧願搭一個多小時火車來到聖嘉倫，只想緝拿艾可的靈感。先到教堂尋找蛛絲馬跡，朝陽從偌大的窗口投射進來，敲在教堂鍍金的門上，點點光像跳彈的琴鍵，極盡奪目的架勢，我想起小說裏的教堂本來向西，朝早中門大開，讓晨曦曬在面東的唱詩班席和祭壇，喚醒宿舍的僧侶和馬廊的牲畜，霎時間偵查到艾可從哪裏盜光，我發出會心微笑。在藝術的地盤裏，艾可認為建築最具膽識，用節奏重塑宇宙的秩序。他就兼職建築師，把小說的修道院藏書樓設計成世界的縮影。

要微觀世界，有甚麼比地球儀更濃縮呢？來到案發現場——圖書館，最矚目就是入門左邊的蘇黎世地球儀，足有一層樓高，用六個支架承接，還嫌不夠頂天立地，圈足高人一等站到基座上，儼如中國宮廷的寶鼎，只差沒有綠煙從上面冒出來，我們站在繩圈外仰望，只看到地球儀的下半部，根據墨卡托投影，用經緯線量度地方的所在，離赤道愈遠，面積愈是誇張，地球儀似乎受洛可可風格影響，從頭到腳極盡裝飾能事，像妃嬪穿金戴銀到來參神，藍海與棕粉紅的陸地間，固然有游魚穿梭，支架本身又有數學儀器的圖像和希臘與阿拉伯著名的天文地理學家的肖像，梅花間竹點綴。最意外的驚喜卻是支架的木環底部，有仿德國畫家杜勒一五一五年的木刻繪製的天體地圖，神禽異獸簇擁地球儀像繪圖的《山海經》，一時科學與神話混雜，地球儀散發聖杯的秘霧。《玫瑰的名字》故事背景是十二世紀，墨卡托在一五六九年才發明投影法，再度指責艾可韜光似乎有欠公平，按著世界地圖，他卻會用邏輯學的思維分析排書秩序，儘管書都藏在海市蜃樓，他依然詳細考慮到每本書在櫥櫃與書架的位置，圖書館五十六間房裏，都有羊皮紙卷節錄一段拉丁文，引自聖經的啟示錄，卻只有二十四段，固然拉丁文只有二十四個字母，艾可設想的甬道也是二十四條，經文的一些字母塗成紅字，串連起來，居然就是全世界所有國家的名字，當然艾可描述的是哥倫布未發現新大陸的世界，西方人只認識三大州：歐洲除了神祇飛翔的希臘，就是教宗庇佑的羅馬，受惠的還有西班牙、法國和德國，至於英國和愛爾蘭則依然分家。非洲就完全是一個謎。遙望亞洲，可別奢望他們知道中國和印度的存在，會說出埃及的名字已算異數，朱迪亞是古巴勒斯坦的南部地區，眾說紛紜的亞大之泉，有人指是亞當出生地。人總是自我中心，冥冥中西方人承認人類發詳地源自東方，也算一場造化。

初進圖書館，看見遊客尾隨導遊，從一個陳列櫃移向另一個，大驚小怪，還以為自己誤闖迪士尼樂園，神遊千錘百煉的奇景，隨口可以說出早期葛利果聖歌手抄本、中世紀禮拜儀式修辭格片段、十六世紀彌撒唱詩、莫扎特荷夫納交響樂騰寫本⋯⋯如果懂得閱讀五線譜，大可以哼唱起來。專家也不用擔心寂寞，不妨參考中世紀傳下來的音樂理論，古愛爾蘭語詞彙表、尼布龍根手稿、柏斯科史詩……。不談內容，單看書頁，已是一場眼睛的盛宴。普通一本歌書，也有彩色裝飾邊，開首是個嬌俏的紅字，插圖一如打翻調色板，滲透紅藍綠和棕色，最奪目是一本宣講福音書，有寶石圍繞金銀字，其實一六三三年修道院已經開始有印刷機，僧侶繼續抄寫，沉溺在奢華花巧的天地。我忽然想起引進圖書館的大門口，有句希臘文，勉強可以譯作「心靈療養院」，僧侶在這裏守戒清修，有如活在黑白的硬照裏，當然雙色圖片拍得好也可以是佳作，卻不是每個人都六根清淨，僧侶勤勞繪製七彩交響樂，不過想寄情聲色，未嘗不是心靈療養。聽說開放給遊人參觀的原是個藏酒地牢，本來的圖書館規模較小，然而我們既然未嚐過原汁原味，也不用計較現時送進嘴裏的只是回鍋肉，倒不如把傲慢與偏見暫時鎖進寄存櫃裏，用另一種心情看圖書館。猛然抬頭，陳列櫃之上還有另一層，鑲著金邊的文獻立在光滑的柚木書架上向遊人眨眼，彎曲的雕花欄桿像金絲帶拋向半空，我們把皮鞋套進特大尺碼的拖鞋裏，在半明半暗的房間裏夢遊，竟似在柚木地板上溜冰。「心靈療養院」這樣抽象，艾可不可能插手，他刁鑽的腦袋卻想出一本失傳的喜劇理論，算是亞里斯多德《詩學》的續篇，修道院的高僧視這本書為魔障，世俗人在誘惑面前已經無可救藥，通往德育與精神救贖的道路迂迴曲折，不可以再宣揚微笑蠶食心靈，把亞里斯多德的心血束之高閣，與異教徒的著作並列，為了防止修士偷看，把圖書館設計成迷宮，藏書樓分三層：地下是廚房和食堂，希望一般修士裹腹後便止步；二樓是抄寫室，方便求上進的僧侶研讀世界各地的經文；禁書都鎖進三樓的圖書館，長廊三尖八角，只有曉得克制的圖書館主任和助理會認路。禁書固然引起連串謀殺案，最後代表文化的圖書館更被燒燬，和亞里斯多德的偉論一拍兩散，不啻是艾可對自封文化監察官的高僧一聲冷笑。

艾可順手牽羊，證據確鑿在第七個陳列櫃，不能抵賴，是一幅聖嘉倫平面圖，完成於九世紀，聽說從未動土。劃著紅線的黃紙像中國道家的五雷七星八卦圖，卻是艾可的靈符，他懂得用墳場分隔教堂與藏書樓，而菜園、宿舍、住持居室和旅客招待所各適其適，全靠平面圖引路，放血所更可能挑引他的殺機。細看平面圖，食堂裏並沒有爐火設施，不知是無心之失還是有意安排？《玫瑰的名字》裏，通往三樓圖書館的樓梯間也是森冷詭秘。九世紀的高僧可能不想修士耽於食慾，艾可盜用到小說，變成高僧不想修士饕餮精神食糧，一個或然率在文學園地開花結果。看來我們不止要把艾可無罪釋放，還得頒贈給他一枚玫瑰勛章。

喬哀思不再住在這裏

離開羅馬四百四十五哩，里雅斯特依然用一個「古」字招徠遊客，街車起點兩旁的建築物就是新古典主義作風——柱廊、神像、浮雕、石鷹、方尖碑——存心抱擁祖先的遺產，半拱門石磚牆被歲月燻成黑炭，只會加深古典的淒美。猛然藍身的街車向左邊的路線突圍而出。坐在街車裏，可以體會到古建築逐漸被現代化的紅磚屋取代，街車開始攀山，眼前出現線條更簡單的紅頂白屋。山陡路險，街車需要把自己扣進一輛緩衝無蓋車，再等下山的同伴自相反方向推動電纜，互相扶持方能向前邁進。人煙逐漸稀少，兩旁的綠葉叢偶然噴出一朵大紅花。山路多彎，兜兜轉轉，街車已經元氣大傷，來到出軌地帶，需要煞掣倒退兩步養精蓄銳，才可以全力衝刺。高處有點涼意，四周倒提供世外桃源的寧靜，直到終點不遠，方有深院大宅，從石欄杆拋出一簇簇藍草莓。街車來到總站，遊客不須止步，意猶未盡的還可以再走十哩，一腳踏過斯洛伐克的邊界，滿眼醉飲不一樣的風景。

街車於一九〇二年開始通行，喬哀思在一九〇四年僕僕風塵從愛爾蘭來到意大利這座山城，應該乘搭過這線街車，他受聘到貝立茲語言學校任教，臨時失了教職，也沒有盤川還鄉，一留就是十二年，一九一五年暫別里雅斯特所在的亞得里亞海岸，一九一九年重臨舊地，轉眼又是一年，一九二〇年再次離去，算是正式訣別，與友人通訊，依然把里雅斯特視為第二故鄉，當中一個原因，是否被柳暗花明的街車路線吸引？展讀他的力作《優力栖斯》，意識流的文字恍如攀山的街車，記的雖然是一天的流水帳，轉彎抹角總碰上意想不到的風景，《優力栖斯》的心路歷程與里雅斯特蜿蜒的地勢配合得天衣無縫，想是十六年的潛移默化。

在街車上我展閱里雅斯特的地圖，裏面記載喬哀思曾經在這裏棲身的寓所，乍看地圖像一幅人體解剖圖，尤其是上半身，他住過的地點串成一根橙黃色的線，像血脈般從肩膊流入心臟。屈指一算，他在里雅斯特逗留的時間並不長，卻一共搬了九次家。崔護重來，經濟頗為穩定，十個月都住在同一地方；初來報到，教職還沒有著落，轉換房子有如換季時裝，一年遷居兩次，歇腳最久的地方也不超過三年，當然沒有孟母逼他三遷，只為周轉不靈，起初住在學校隔壁，與同事一家人分擔一層樓的費用，一九〇七年不幸染上風濕熱，也沒有經濟能力負擔住院費用，只能留在家裏靜養，里雅斯特的布爾喬亞階級炫耀財富的手法是添置避暑山莊，每年趁暑假扶老攜幼到郊區住上三個月，算是身分象徵。喬哀思被摒棄在上流社會門外，一日三餐但求飽暖，渡假只好在夢中。這段時期，他唯一的樂趣是弄璋弄瓦，兒子喬治亞和女兒露西亞都在里雅斯特出生，娛樂與第三世界的貧寒家庭等同。我坐在步履搖晃的攀山街車，想像喬哀思在里雅斯特的清苦日子，異鄉人顛沛流離的生涯，可以像眼前的山路一樣崎嶇。

用著作等身來形容喬哀思的寫作生涯，顯然並不恰當，他一生的作品，無須動用十指已經數盡。寄居里雅斯特的時期算是多產，也只是完成了《都柏林人》、《藝術家作為年輕人的畫像》、《優力栖斯》幾個重要章回、詩集《室樂》與舞臺劇《放逐》。離開里雅斯特，名下也不過有足本的《優力栖斯》、詩集《一毛錢一首詩》與傑作《芬尼根的守夜》。喬哀思自然不是一個好逸惡勞的人，然而創作也需要原動力，他富實驗性的文字常遭白眼，日久也會令他心力交瘁裹足不前，據說有一段時期他甚至放棄寫作，拿起結他拜師學藝，還舉辦個人演唱會，直到詩人龐德推薦，他重新與出版社打交道，才集中精力在文學領域衝刺，駕馭意大利文後，他還在報章發表專欄。因為生活不繼，教書之外，他又到處講學，題目包括《愛爾蘭的聖哲賢人》、《哈姆雷特》、狄福與布烈克作品分析，文學修養可見一班。另外他也教夜校，充當英文教師，意大利小說家伊塔羅史維渥就是他的門生。家境清貧，他倒養了一頭狗，算是他的良伴，一度他因家事要回愛爾蘭與妻子朵拉會合，愛犬就歸史維渥收養。街車翻山越嶺，娓娓細數喬哀思坎坷的文學歷程。

若要尋找喬哀思，可不能倚靠街車路線，里雅斯特倒有安步當車的導遊團，不止帶領遊客參觀喬哀思驚鴻一現棲身的樓房，還到他日常生活的地方，例如他流連的咖啡店、蒐集資料的圖書館、與兒子經常光顧的公共浴池。我沒有偷窺名作家寬衣解帶的癖好，按圖索驥已經心滿意足。喬哀思後來名成利就，所住的房子相信比較豪華，我寧願選擇他初到貴境的寓所朝聖。是一幢土黃色的樓房，五層樓高，樓下是一家舊書店，三樓他曾經住過的單位，玻璃窗前垂下棕色的百葉簾，似要突出喬哀思一度落泊，左鄰右里的百葉簾都光鮮潔淨，唯是這一家卻鶴立雞群顯得殘舊破損。涼風吹過，簾葉敲在玻璃上，發出微微的聲響，乍聽似要傳達喬哀思微時被生活磨損得透不過氣時輕輕的嘆息。一個人無論現在怎樣叱吒風雲，總有出身寒微的一刻，需要貴人扶持，「莫為之前，雖美不彰」，那聲嘆息，教我學習做人應該謙虛一點。

原載《香港文學》二〇一二年二月總第三二六期

...la mia anima è a Trieste...
(Lettera a Nora, 27 ottobre 1909)
JAMES JOYCE
1882 - 1941
Fondazione CRTrieste
AIAT - Agenzia di informazione e di accoglienza turistica Trieste
Comune di Trieste - Assessorato alla Cultura
opera di Nino Spagnoli 2004

薄伽丘一日譚

猝不及防，中世紀文藝復興時期的氣息，像披著黑色僧袍的文化大使，站在山邊迎迓，我禁不住一陣驚喜。懷舊於我純屬玩票性質，又不是意大利人，然而登山纜車權充時光隧道，載運我從千禧年後回到中古，旅遊又有雙重意義。十四世紀的意大利原來是磚紅色的，像火辣辣的太陽，就算站在蔭棚下，依然感到熾熱，一如聽來充滿暴力其實帶著笑謔的意大利語。兩層樓高的房舍、圓拱形的窗、圓拱形的門、有如魚鱗閃著淺綠淡黃色澤的窗玻璃，都像出土文物。也不只是窗，可以是洞窟，一不留神，便會錯過靜悄悄收藏在內裏的石雕聖母聖嬰像。也有長方形的扇形窗，旁邊掛著花籃。我最鍾愛的還是彷彿生長在牆上的小瓦盤，栽種仙人掌或是紫丁香，像一隻隻橙色的蝸牛沿牆攀爬，黑色的厚身木門倒與牆上的黑色木架互相呼應，當時沒有街燈，夜晚就靠木架握著火把燃亮街道，如果以為眼前展現的就是歷史真相，純粹自欺欺人，經過多個紀元，怎能期望古老磚牆屹立不動？薄伽丘的府第，第二次世界大戰就被英國軍機轟炸，無論是聖戰士還是和平使者，發動戰爭的都是文明的敵人。近年重建，磚牆分為深淺兩色，一目了然，唯有深紅色的磚塊，曾經與薄伽丘共同呼吸。不遠處的聖雅格布與聖菲利普教堂，是薄伽丘安息的墓地，屋頂用鐵枝鑄成纖纖的十字架，對比木造的粗壯十字架，似乎弱不禁風，教堂入口掀起腥紅色布幔，令我聯想到劇院，上演一場又一場的政治鬥爭戲，驚心動魄。攀山而上，盡頭就是古堡，高牆掛著一個個紋章，像軍服上炫耀的勳章，加上鐘樓和旗幟，古堡倒真的像個挺胸突肚的將軍，只希望他不致在迷宮中暈頭轉向。回頭看一部汽車在狹隘的碎石路行駛，白色帳篷下，遊客閒坐著喝葡萄酒，街道兩旁的禮品店和雪糕店向遊人拋媚眼，像污染風景的罪魁。

如果以為徜徉在紅磚城牆，仰望角樓擺盪在風中的鐽和扇子旗，就是中世紀的極致，真是坐井觀天，我們還得叩響山下薄伽丘故居紀念館的大門。走過空敞的長廊，陳列櫃的上層散放著零星的無色或多色彩的碎片，拼湊不到中世紀人日用的器皿，底層作為故居基座的砂岩，也不能幫助我們想像當時的生活，意大利文的說明像散落在畫面上的陰影，憑藉有限度的英文指引，倒讓我管窺黑暗時代的風貌。當時叱吒風雲的美第奇家族有一位女侯爵，根據她一八三九年的遺囑，薄伽丘家族最後一名男丁辭世，房屋的管理權交給意大利聾人國立機構轄下的薄伽丘基金會。樓下的展覽廳慶祝基金會五十週年紀念，簡介薄伽丘生平事跡與作品，薄伽丘的誕生地至今是謎，寫詩的天賦也是以訛傳訛，是他自己說的，七歲時未曾看過一本詩集或是學會韻律，已經用童稚的筆法寫出詩句，在小朋友間贏得「詩人」的美名。父親卻強迫他從商，典型是現實與理想的掙扎，兩個主角總是父子，從中國到意大利，千古不移。薄伽丘倒有詩人的反叛血液，父親遣送他與叔伯同住學藝，他卻躲在書齋裏培養自己對古典文學的興趣，等到一事無成。父親總算答應讓他研讀真傳經典，他卻認為自己是詩的材料，尤其是旅行到那不勒斯，涉足維吉爾的墓地，更立志獻身詩篇。趁父親不是經常督促左右，參加詩會，而且開始寫詩，詩人總是不名一文，父親把他召回佛羅倫斯，他卻選擇周遊列國，臨終前最後一個使命是向但丁致敬，身為詩人，他最膾炙人口的著作卻是中篇小說集《十日譚》，原本是那不勒斯羅伯特王孫女焦萬娜的鬼主意，薄伽丘為博公主歡心，一三四四至一三五〇年間陸續撰寫一百個故事，一三五三年結集出版。背景是瘟疫蔓延的年代，沒有愛，根本病人體形腫脹，皮膚佈滿黑班，心慌慌的市民，終日拿著從田野摘來的香草辟臭，瘟疫還是像野火蔓延開去，怕被傳染，人際關係冷漠，父母隔離患病子女，成長的兒女又摒棄患病的雙親，人性荒蕪有如無人耕種的田地，瘟疫發生在佛羅倫斯，薄伽丘當時身在那不勒斯，內容不是道聽途說就是憑空臆造，想像一群男女到佛羅倫斯市郊逃避瘟疫，大屋有足夠房間，食住不愁，漫長的夏午不知怎樣排遣，想到輪流說故事，每日一個主題，包括對大自然的熱愛、命運、冒險精神、智慧、欺詐……後來有人指責薄伽丘剽竊，小說起碼有五份之一的內容取材自法國中世紀的民間傳說，真要大興問罪之師，喬叟、莎士比亞與歌德也難辭其咎，《十日譚》第五天第一個故事，薄伽丘就翻炒自己的〈小女孩〉。《十日譚》第一天第三個故事，更被拉辛借用為智者內森，其後濟慈和但尼生等詩人都曾染指。《十日譚》的成就卻不在於它的原創性，以前的文人都因循拉丁文的架構，薄伽丘卻能夠獨樹一幟，有點像我們從古文走向白話文，他始創的詞彙，至今還縈繞在意大利人的口舌之間，薄伽丘描述佛羅倫斯的瘟疫，帶有史詩式的雄偉與生動，筆觸時而憤世嫉俗，對無望的愛又充滿詠嘆，間奏故事的詩，英勇中夾雜悲涼，難怪薄伽丘被譽為「意大利散文之父」。

隨著時間的微塵，中世紀在我們眼前織起煙霧，從當時的肖像畫看，男女都是緊包密裹，不說別人，彼得本韋努蒂畫筆下的薄伽丘，從頭到腳用布纏，只露出五官和手，像俏臉的木乃伊，然而他描寫的男女，一有機會便解除束縛縱情聲色，愈墮落愈快樂，性當然不是禁忌的題材，天才借題發揮，可以嬉笑怒罵可以遊戲人間，怎樣在幽默與猥瑣之間求取平衡，似乎是中世紀文學的困厄。

薄伽丘故居戰後重建，特色是加蓋二樓的圖書館，輾轉五十多年，可以自詡藏書三千五百多冊。自然包括薄伽丘的著作，也有別人對他的評論，與及多個國家的譯本，彌足珍貴卻是館中的大銀幕，點擊後告訴我，古藤堡未曾發明印刷術之前，薄伽丘孜孜當一名抄寫員，他曾經到卡西諾山的修道院參觀，迎接他的是一間藏書閣的翻飛煙塵，古籍殘缺不全。導遊告訴他，為了四五個銅板，僧侶隨意撕下書頁，摺成護身符或是當作《聖詠經》售給婦孺。薄伽丘立志保存古本，固然重寫著作的多個版本，另外他也珍惜拉丁經典與中世紀的著作，認定阿拉伯數目字為書頁的編號，為免抄寫員混淆，書頁最後一個字，就是新一頁的開首題字，抄寫生涯單調，漫畫還未誕生的年代，薄伽丘已經執起畫筆，在題字旁為《十日譚》的主角造像，甚至在書頁的邊沿加上插圖，瘟疫之後，中世紀的生活再度平靜如鏡，薄伽丘的插畫像側身飛擲過湖面的石塊，跳彈數次，在水中泛起幾重漣漪。

原載《城市文藝》二〇二〇年二月總第一〇四期

門可羅艾麗絲

紀念館是個感恩的地方，有人終其一生操勞，向我們證明世界還有光有熱，身後蕭條，應該也值回一個殿堂吧？在加拿大，艾蜜莉嘉、露西莫德蒙哥馬利、加布里埃爾羅伊、瑪索地拉羅琦，甚至踩過界的傑克倫敦，都各得其所。多少年後，人去樓空，艾麗絲門羅（Alice Munro）應該也有供奉她的香火吧？短篇小說向來不入俗眼，說得動聽是東家長西家短，不客氣的甚至比作長舌婦串門子，門羅卻是公認的搬弄是非的天才，拘於小節，把謠言雕琢成文學作品，而且樂此不疲，二〇一三年並且因此贏得諾貝爾文學獎，是第一位獲此殊榮的加拿大作家，無論是書迷還是加拿大公民，這都是一個值得慶賀的年份吧？半生飄泊，離婚後門羅定居安大略省，人們就認定她是當地的寶藏，其實她與卑詩省頗有淵源。在溫哥華蜻蜓點水後，遷徙到大島的域多利，經營的門羅書店就有聲有色，二〇〇五年她駕臨溫哥華公立圖書館，領取卑詩省優秀文學生涯終身成就獎，其實是返娘家。在溫哥華，她曾經在圖書館曇花一現。忽發奇想，真要設立門羅紀念館，為何不向溫哥華公立圖書館打主意？甚至設在基斯蘭奴分館——門羅曾經微笑、揮汗和發白日夢的地方。

新居落成誌喜，基斯蘭奴圖書館初在短篇小說〈科爾特斯島〉開門營業，離女主角小新娘的家居只數街之遙，是她在遊手好閒的日子裏喜歡流連的地方。既然綽號小新娘，心智依然稚嫩，讀書的習慣恍似孩童，就是不肯安定，似是博覽群書，其實飢不擇食，求知慾近乎陣痛。公立圖書館是大眾的精神食堂，而且免費，正好滿足她在這方面的食慾。小新娘涉獵的書，赫胥黎與吳爾芙是文學界響噹噹的名字，亨利格林和伊莉莎白寶雲較少人熟悉，科萊特倒寫過一系列愛情小說，曼佐尼三巨冊的《約婚夫婦》就有點像意大利的《紅樓夢》，看來小新娘的讀書口味徘徊在經典名著與浪漫小品之間，還未陷入暢銷小說的範疇，門羅把看書寫得像吃自助餐，揉合了驚詫、混亂、眩暈的感覺，都拜圖書館所賜。

讀者群中，有人書看多了，難免手癢癢想動起筆來，圖書館間接助長寫作風氣，未必是好事。故事中的小新娘買了一本記事簿煞有介事書寫，可惜虎頭蛇尾，靈感乾竭，拿著紙張出氣，撕毀了還要扭麻花，算是嚴懲，一本筆記簿撕得只剩表皮，卻又不服氣，再買一本，周而復始，興奮後是失望，門羅形容整個過程像每週秘密懷孕然後流產，別人的鼓勵只令文字流產顯得更是可笑。當中有沒有自傳的成份呢？經過陣痛，門羅不是寫出成績來？

基斯蘭奴圖書館在門羅素描下像公園的涼廊，風涼水冷，打個招呼，陽光都漏進來，揭開禮盒掏出雙掌金光，難怪讀者趨之若鶩。小新娘與丈夫屈居在地下室，二人世界本也綣繾纏綿，丈夫上班後，她躲在斗室內看書寫作，閃避房東太太的絮絮叨叨閒言閒語，總覺有志難伸。基斯蘭奴圖書館打電話來，提供工作機會，起先是一星期數小時，轉作臨時長工，再改為全職，小新娘總算重見天日。「愉悅原來可以這樣簡單，坐到工作崗位，從櫃枱另一邊面對讀者，向前來的人表示自己能幹、身手敏捷、友善、讓他們看到我勝任愉快，在這世界有明確的功能，我再不用閃閃縮縮、流離浪蕩、發白日夢，切切實實做個圖書館的女郎。」說是小新娘的寫照，何嘗沒有寄托門羅在基斯蘭奴圖書館工作的心聲。門羅拿手記敍小人物的遭遇，窩居在寂寂無名的鄉鎮，有志不能伸，事實上大部份她的角色都沒有甚麼志氣，庸碌半生，難逃悲劇性的命運，卻似乎又得到一瞬間的救贖，圖書館就提供這樣一個海市蜃樓。

如果十年人事真的幾度翻新，六十多年簡直可以改朝換代，何況其間還夾雜著一個世紀，現在我們造訪溫哥華公立圖書館的基斯蘭奴分館，已經不是檔案裏恍似中國牌樓的建築物，易址的圖書館，外面圍繞著灰色金屬罩的淺橙色磚牆已經改建，曾經和小新娘共事的瑪蕙絲、莎莉、卡爾森太太和約斯特太太就算不是虛構，也已經人面全非。我們還記得一九五二年門羅在這裏為讀者借出的書蓋印、找贖罰款，只因為圖書館門外一根深綠色的電燈柱，張貼一塊淺綠色的告示，就像奧亨利的短篇〈最後一葉〉，僅餘的綠葉其實已經人工化，為了延長一個病人的壽命，友人用手畫，再冒著風寒掛上樹枝，讓枝梗始終保持一點新綠。文學地標就有這個好處，資料寫在紙上，壓成薄膠片，在日光下反映對面的樹影，讀起來有點吃力，在現代人善忘的記憶裏，始終狠狠地劃下一線印記。

諾貝爾文學獎頒發後，安大略省門羅定居的溫厄姆市趕忙開闢艾麗斯門羅文化花園，相信她的居所終有一日改建為紀念館。既然魯迅在北京上海廈門廣州南京紹興都有故居紀念館，門羅大可以在溫哥華另設分店。別笑我痴人說夢，近年溫哥華公立圖書館積極豎立文化地標，去年就增添四座。連歌劇也不能在溫哥華落地生根，難怪這地方被人詬病為文化荒田，然而有人的地方，總有知客默默耕耘。

Photo credit: Sheila Munro
LITERARY LANDMARK
ALICE MUNRO
KITSILANO PUBLIC LIBRARY,
2425 MACDONALD ST.
The first Canadian woman to win the Nobel Prize for Literature and one of the world's most insightful and skilled short story writers, Alice Munro worked at the Vancouver Public Library prior to her worldwide literary acclaim. As outlined in a biography by Robert Thacker, within a month of her arrival in Vancouver in 1952 with her new husband, Alice Munro got a job at the Kitsilano branch of the Vancouver Public Library. In B.C., the couple first lived across from Kitsilano Beach in a basement suite of a three-storey building at Arbutus and Cornwall among "high wooden houses crammed with people living tight." After a brief stint in North Vancouver, the Munros lived for many years in West Vancouver, above Dundarave. The Munro family eventually moved to Victoria in 1963 where they opened one of Canada's most venerable bookstores, Munro's Books. In 2005, Alice Munro accepted the 11th George Woodcock Lifetime Achievement Award for an Outstanding Literary Career in British Columbia during a ceremony at the main branch of the Vancouver Public Library, but most readers in Canada and abroad assume she is an Ontario writer. Alice Munro lived and wrote in Vancouver and Victoria for more than twenty years before her first marriage ended and she moved back to Ontario.

夏目秋波

很抽象的一股浩然之氣，讓分隔天涯的陌生人有若毗鄰打個招呼，名副其實的「這麼近，那麼遠」，要說的是我在夏目漱石倫敦紀念館的經歷。

一幀幀發黃的褪色的圖片下是日文解釋，旁邊一位穿著和服的紳士，頭戴禮帽，手執紙扇款擺，資訊都扇進他的腦袋。身在海外，我始終是華僑，一知半解站在壁報板前，彷彿透過窗紗觀照物事。館長太太看見我緊皺雙眉，慇懃遞來英文翻譯版本，蒙眼的布簾一剎那撥開。喜出望外，不止因為對夏目漱石在英倫的生活有個概念，還有他對異國人事的獨特體驗，我喜孜孜捧著燙成薄板的說明書到隔壁的圖書室仔細展讀，看得高興，更掏出紙筆抄錄幾句，於是引起同室的紀念館助理注意，開始用日語與我閒談，弄清楚我是中國人，改用英語交流，同樣伶俐。我追憶少年時閱讀夏目漱石的經驗，無疑很多讀者對《我是貓》的幽默諷刺情有獨鍾，我卻惦記《少爺》裏鄉村老師的教學熱忱，《其後》的主人翁把愛慕埋藏心坎，俯首甘為友人兩夫婦的守護神，也看得我動容。不能說夏目漱石是我的啟蒙老師，卻令我更加明白文學是怎麼一回事。文人都有奔相走告的習慣嗎？紀念館的助理聽過我一番剖白，趕忙到鄰室把館長太太請來，從書架翻出《門》、《貓之墓》、《行人》、《少爺》、《我是貓（上）》、《夢十夜》的中譯本，交付我的手中，還打趣地問：少年時我閱讀的可是同一版本。夏目漱石的短篇《夢十夜》，每令我想起杜思妥也夫斯基的《白夜》，維斯康堤的電影改編，布烈遜再搬上銀幕的《一個夢者的四個晚上》，穿梭東西國度，夢儼然是文化大使。聽我雀躍解說，紀念館助理一陣唏噓，任牆角貼有彩色照片，宣揚皇子到來為館長主持揭幕典禮，風光過後依然需要經年累月的經營，出現赤字，館長只好自掏腰包維持大局，苟延殘喘也有一個限度，到了這個月底，決定告一段落，我千里迢迢到來，攝取的是夏目漱石的臨別秋波。得悉惡耗，不禁黯然，閉館前十多天，我找上門來，到底又與夏目漱石有點緣分。感慨中又不無一點鼓勵，下一年夏目漱石紀念館多數會在東京正式啟幕，倘若我是真心，不妨繼續追尋。老實說，滔滔不絕與紀念館助理談論夏目漱石，不過沾染一點皮毛，依然有種他鄉遇故知的感受，只為對一位作家的景仰，成全了二十多分鐘的友誼。

今次造訪夏目漱石，有點像復活節過後依然玩尋找復活蛋的遊戲，沿途還得感謝一班熱心人引路，不致誤入岐途。交通已不方便，從地下鐵轉路面火車，來到交叉點，再要乘搭國營鐵路局的火車，才抵達目的地，樓房逐漸隱退，四周呈現市郊的荒涼，我們又是一陣茫然。火車站出口的便利店店員，胡亂指向左方，幸虧油站的女顧客熱忱，掏出智能手機輸入紀念館的名字，總算找對方向，十字路口的褓姆指出路盡頭的樓房有塊藍地白字的圓碑，刻著夏目漱石曾經住在這裏的字樣，果然看到圓碑，又不見紀念館的蹤影。恰巧一位女士到來訪友，叩門後問友人，下顎指向對街，紀念館不在原址，我們攀上二樓隔窗遙望，彷彿透過重重歲月向夏目漱石請安。一九〇〇年十月，他得到日本文部省資助的獎學金，拋妻棄女到英國留學，只為爭取一點宅男以外的體驗。在倫敦兩年零兩個月，前後搬家五次，第三個住所更在二次大戰期間拆卸，改建為二層高的城市住宅。在最後的住宅，他寓居一年半，千禧年後回望倒沒有多大改變，一個世紀不長不短，也已經過皇朝更替人事變遷，夏目漱石入住過的這座樓房仍然屹立不搖，彷彿一個信念一點堅持，我禁不住多看兩眼，探索的道路恆常是孤寂的，甚至一些知識分子，為了榮耀或是種種因素，不惜紆尊降貴。此刻對街門窗緊閉，窺探不到夏目漱石當年的風采，黃磚牆上那塊藍地白字的圓碑卻像褪了色的山水畫上一個依然鮮紅的硃砂印，教我忐忑的心不致過分張惶。

回國後夏目漱石追憶異國生涯，有這樣的句語：「倫敦兩年，是我生命裏最不愉快的歲月，混在英國紳士叢中，我只感到難受，恰似可憐的狗誤闖狼群。」一副委屈的語氣，說他神經病可能言過其實，當時顯然患有抑鬱症。獎學金不足夠供他入讀大學，唯有聘請莎士比亞學者教授，有十個月他甚至不肯涉足私塾，終日躲在家裏埋首書本，他又不是完全自閉，友人包括發明味之素的池田菊苗和商賈田中孝太郎，鐵路技師兼政治家長尾半平與他寄居同一籬下，兩人經常結伴到海德公園漫步，夏目漱石當時三十三歲，依然童心未泯，對英國人有俏皮的描寫，形容導遊的圓臉飽滿紅潤像調了味的麵包，老師鼻梁挺拔渾厚，不能喚起愉快開朗的印象。身在異國，他還是樂意與同胞為伍，外國人在他眼中都是奇花異草。夏目漱石身裁矮小，參觀維多利亞女皇的葬禮，需要騎在友人肩膊才看清楚，一段上學的文字帶著自嘲：「克雷格老師像燕子，巢築在四樓，臨街舉頭，也看不到他的窗戶，上樓梯時攀得大腿微痛，總算抵達正門。」又說：「老師一再寫信給我，筆跡令我困惑，寥寥數行，我本有時間細詳，都不在意，根據過往經驗，這樣的一封信，不外是宣佈取消課程，我就懶得解讀，省回一點力氣。」戲謔的一段話，無意間反映一種兩國文化交流期間的頓挫，可以漫不經心和得過且過。

英國的狼群並沒有棄絕這頭日本羊，當時單車盛行，熟讀莎士比亞和密爾頓的房東太太鑒貌辨色，鼓勵夏目漱石騎單車散心，他接納好意，跌跌撞撞，不止闖入新境界，還掌握到新書的素材，紀念館陳列《第十二夜》和《造謠學校》的場刊，未必經過夏目漱石的手，卡萊爾博物館的來賓冊倒有他的簽名，證明他曾到此一遊。看來書本以外，夏目漱石經常欣賞戲劇和參觀博物館，豐富自己的文化養分，方便日後寫成〈單車日記〉、〈倫敦塔〉、〈卡萊爾博物館〉、《文學論》、《文學理論》等傑作。不管夏目漱石怎樣抱怨，異國生活始終在他心靈的土壤撒下種子，等待時機開花結果，並非生命裏的真空時期。

臨行前的星期六是倫敦的開放日，一年一度，多個表演場所大開中門，歡迎遊人參觀，我們先到皇家阿爾伯特音樂廳探頭探腦，再沿著海德公園舒暢身心，不自覺重蹈夏目漱石的足跡。來到大街一間紅磚樓房，赫然看見一個白色的四方牌，刻著卡萊爾的頭像，其實我們完全不知道卡萊爾的來頭，只記得夏目漱石倫敦紀念館提過尊崇他的博物館，算是感染一點兩位名家的氣息，我們趨向棕色的前門，按響博物館的門鈴。

原載《香港文學》二〇一七年二月號總第三八六期

NATSUME
SOSEKI
Japanese Novelist
lived here
1901-1902

夏目秋波

老舍開小差

不如就從未成名的老舍說起，北京老舍紀念館有一份影印本，白地黑字突顯〈擬編輯鄉土志序〉的開頭，發表在《北京師範學校校友雜誌》的學藝版，署名是四年級生舒慶春，這篇就算不是老舍的處男作，也是他早期的作品。旁邊是七言律詩〈赴西山觀察野戰地勢二首〉與古體詩〈定戰地於石景金頂二山〉的一部份，根本老舍擅長新舊體詩，一九二二年他就在留日學生創辦的雜誌《海外新聲》發表新詩，詩名就是〈海外新聲〉，同一份雜誌登載他的短篇小說〈她的失敗〉，次年他又在任教的南開中學校刊發表另一篇小說〈小鈴兒〉，署名舍予，是把姓氏拆開，很有犧牲小我的意圖，其後他捨棄「予」字，倚老賣老，老舍的筆名就這樣成形，可憐他的元配胡絜青，花樣年華已經被人尊稱為老夫人，紀念館把老舍的生平劃分為五部份，配合移動畫板、電子書、動畫，進館前可能對老舍一無所知，出來時已經是半個老舍通。原來他於一九五〇年購買了豐盛胡同這間四合院，把西耳房闢作書房兼卧室，在這裏寫就了話劇《龍鬚溝》及《茶館》，開筆創作《正紅旗下》，之前他在濟南齊魯大學及青島山東大學任教時已經創作了《離婚》、《駱駝祥子》、《四世同堂》。老舍可以義正辭嚴，一些小品比如〈有聲電影〉又令人忍俊不禁……在這裏孜孜追蹤他的寫作過程似乎有點拾人牙慧，既然紀念館提供，就讓我們品賞老舍卸下嚴肅臉孔的小玩意。

姑且略過第一環節「正紅旗下——童年習凍餓」，記錄老舍自一八九九年出生到一九二四年寒窗苦讀的日子。請移玉步到第二環節「執教英倫——踏上文學路」，一九二四年九月至一九三〇年二月期間，老舍留學英國，一幀照片對準倫敦聖詹姆斯廣場三樓的外牆，圓牌確定老舍曾在這處樓房寄寓。這一部份展覽，最觸目還是一個大櫥窗，揚聲器像從留聲機上開出一朵黃銅色的花，傳送老舍年輕的聲音，聽他不徐不疾說略帶京片子的國語。教學並不限於校舍，他更為英國靈格風語言中心編寫和錄製《語言聲片》，櫥窗兩邊貼有第二十六課的教材，老舍親自用毛筆書寫，指導學生在煙鋪和糖果店的應對。快速進帶到第五環節「遊歷美國——交流與抉擇」，牆壁掛有老舍一九四六年在美國的交流表，在曹禺陪伴下，他到科羅拉多主講「中國藝術的新道路」、到丹佛大學參加小劇場節目社會研究會議、到荷里活出席電影文學家協會舉辦的歡迎會、到紐約主講「中國文學之歷史與現狀」、到雅斗結識史沫特萊並為國內貧困作家募捐，老舍不止開創先河教導漢語，還存心把中國文化推廣成國際語言。

舞文弄墨之外，老舍也舞刀弄劍，他就曾經追隨當時在武術界首屈一指的馬士元師傅學拳，完全沒有想到好勇鬥狠，根本老舍就不是衝鋒陷陣的文學戰士，儘管二十世紀三十年代的中國文壇思潮起伏，種種主義各立門戶，壁壘分明，老舍還是意定神閒地說：「為文的要件是由內心表現自己，不是為甚麼這甚麼那做宣傳。」若說他依附某一主張，也不過是牽強附會，他始終默默耕耘，堅持自己的原則，還是能夠把自己對時代的憂患寫進作品裏，對小人物的不幸遭遇寄予同情，卻不會在作品的結尾留下光輝而空洞的承諾，就算角色的性格有缺憾，也老老實實地表現出來，讓讀者自己去思索。回歸現實生活，老舍也氣宇悠遊，一切以健康為尚。他大展拳腳，只為舒緩困擾他多年的背痛。我們來到第三環節「山東歲月——悠居山水間」，並沒有碰到刀光劍影，這次老舍紀念館也沒有展覽他曾經編寫的《舞劍圖》，倒有一幅扇面，是一九三四年他辭別濟南時送給恩師的禮物，記錄他跟從馬士元習武的過程，短文散開如扇，儼然是一首詩。另外就是一九六一年他寫給臧克家的條幅〈健康是福〉。漫畫家丁聰繪的〈老舍練拳〉，卻是一九八七年的事，向大文豪少為人知的一面致敬。

造訪老舍的家，踏入庭院，最矚目是一座棕色的魚缸，圓身刻有金色葵葉狀的浮雕，水裏的游魚不知已是第幾世代。第六環節「丹柿小院——擁抱新中國」就有一幀照片，拍攝老舍斜倚魚缸，是文思閉塞時企盼金魚牽引靈感嗎？魚缸對開有兩株柿樹，自從一九五三年老舍夫婦親手栽種，已經茁壯成長，老舍夫人預見樹枝拱手成新房，戲稱自己的畫室為「雙樹齋」。花開花謝，老舍在庭院裏培植的時令鮮花都已凋萎，我們依然記得他最喜愛冬季黃菊。老舍也借國畫怡情悅性，客廳牆壁上的畫幅經常更換，並且邀請好友前來參觀，儼如美術館的策展人，根本老舍對藝術充滿熱忱，也不講究名氣，無論擺件或瓷器，只要合心意，都是他搜羅的對象，品賞之餘，他也客串，這一環節固然看到他為青年作家曲波的題詞，也有他在會議小休時的即席揮毫。繪畫更是他與名家的遊戲，他就曾用一些名家的四句詩挑戰齊白石，成就了以「春夏秋冬」為題的四幅立軸水墨畫。齊白石畫兩枝紅纓花插在纏有蛟龍圖像的白瓷瓶上，一枝直立，一枝半彎，像向畫眶外無形的美人蕉膜拜，回應老舍的「手摘紅纓拜美人」。右下角的紅蓮朝向左邊兀立的白蓮低首，果然像老舍擬的「紅蓮禮白蓮」。黑色的芭蕉葉圍繞黃色的花，正合老舍的「芭蕉葉卷抱秋花」。片片紅梅點綴在枯枝上，又似老舍心目中的「幾樹寒梅帶雪紅」。老舍再從清代詩人查慎行的詩〈次實君溪邊步月韻〉抽出一句「蛙聲十里出山泉」，想用抽象的聽覺難倒悅目的畫家，齊白石不愧為大師，在山泉中畫四五隻蝌蚪隨水搖曳，悠然引出音波。

進入第三展區是老舍的客廳，一幅《鷹橫南浦》下是酸枝桌椅，前面一幀照片顯示老舍與趙樹理、王亞平討論文聯工作，遊戲告終，是收拾閒情從長計議的時候。

经典
老舍
1899–1966

老舍故居
老舍紀念館

老虎尾巴動土

司徒喬用炭筆速寫的《五個警察一個0》幾乎像一幅抽象畫，畫中的警察都面目模糊，可以辯認的唯有頭頂的帽，身上的制服或黑或白，代表權力還是制度？都不清楚。給他們包圍的人甚至沒有嘴臉，挺胸突肚像布袋，兩個警察把它拉扯，幾乎要五馬分屍，另外兩個高舉拳頭，眼看就要如雨般落下來，畫家像要表達的就是無處不在的暴力和戾氣。木炭畫背後的故事是這樣的：一位孕婦在給流浪人施捨食糧的行列間爭到一碗稀粥給飢餓的兒子，正要再輪一碗，就給警察拳打腳踢，畫題的一個0就是孕婦，固然因為她挺起的圓肚，畫家也暗示當時的婦女——尤其是低下階層的婦女——在父權社會中，只是一個真空的號碼。司徒喬目睹街頭的景象後勾畫下來，並不是默默的承受。左下角的兒子張口向制服噬咬，代表下一代的反抗。

還是魯迅參透司徒喬的畫，司徒喬慣用炭筆描畫古廟、土坵、破屋、窮人、乞丐，從中魯迅卻看到土色，體會到小人物在塵埃翻飛的環境下掙扎，一如張愛玲從塞尚的僧侶肖像，看到人與風霑山河的苦鬥。一九二八年「喬小畫室」在上海舉辦春季展覽會，魯迅為目錄寫序，提到「在陽紅和紺壁的棟宇、白色的欄桿、金的佛像、肥厚的棉襖、無糖色臉、深而多的臉上的皺紋」，都觀照到人並不屈服於天然，風景畫也是司徒喬的拿手好戲，魯迅卻偏愛他描繪飛揚著塵埃的人間世，比作古戰場，畫家本人被兩股衝擊力驚動，自己也加入了戰鬥，這就是當時的任務——「背著歷史而竭力拂去塵埃的中國彩色」。《五個警察一個0》最能表達魯迅的意願，前兩年在北京中央公園水榭見得，立刻購買，掛在寓居的東牆上。

就像協奏曲的樂團演繹過主題，獨奏樂器又用另一曲式遙相呼應，西牆懸有一副對聯，寫著「望崦嵫而勿迫；恐鵜鴂之先鳴」兩句，寄託魯迅另一番心意。魯迅邀請喬大壯題字，可說是他的半創作，採摘《離騷》的詞句，重新剪貼，眺望神話裏日落西沉的崦嵫山，希望駕駛太陽車的羲和不要太快逼近，又恐怕鵜鴂突然失聲鳴叫，牠們一旦張嘴，百花便會凋謝，魯迅從而寄託抓住這一天的苦心。魯迅曾經說過：「節省時間，也就是使一個人的有限的生命更加有效，而也即等於延長了人的生命。」他就是要警醒自己善用時間。東牆其實還有一幅藤野先生像，這位「黑瘦的先生，八字鬚戴著眼鏡，挾著一疊大大小小的書」，是魯迅留學日本時的生物學教師，魯迅與他其實沒有太多交接，特別記得他修改自己的課堂筆記，回國後本想與他保持書信聯絡，種種原因卻又錯過。算是內疚，即管招呼他的照片到來書房當上賓，魯迅在〈藤野先生〉一文寫道：「……仰面在燈光中瞥見他黑瘦的面貌，似乎正要說出抑揚頓挫的話來……」晚飯後，魯迅坐到書房的藤椅上，燃一口煙正想偷懶，藤野先生俯首向他監視，司徒喬提醒他還有任務未了，屈原的詩句又為他撐腰，他看一看桌上的馬蹄錶，把燃起的香菸擱到菸灰缸上，捻亮油燈，從木製筆架取來一支筆，醮一醮硯臺的墨汁，靈思又涓涓流到紙張，《華蓋集》、《華蓋集續編》、《野草》、《彷徨》、《朝花夕拾》和《墳》的一部份文章就是在砥礪的環境下面世的。

據說魯迅喜歡設計，很多著作的封面都是他親力親為，抵達北京，他先與弟弟周作人同住，意見不合後遷居到現址，重建二進四合院，處處見證他的心思。前院和後庭都植有樹木，一九二五年四月五日的日記有這樣的記載：「雲松閣來種樹，計紫白香各二、碧桃一、花椒、刺梅榆梅各二。」流水賬的記錄，不見得他是個惜花的人，他卻曾經說過：「帶露折花，色香自然要好得多，但是我不能夠。」於是他把《舊事重提》改為《朝花夕拾》，在這書的小引裏，他又提到夏日苦熱，穿著單衫也覺得燠熱，唯有在書桌上擺一盆水橫枝，一段樹，只要浸在水中，枝葉更青蔥得可愛，看看綠葉，編編舊稿，總算也是做一點事。如今故居裏只剩下前院的白丁香和後院的黃荊梅，每到花期還是芳香依舊。前院對著魯迅髮妻朱安和母親的卧室，有意讓她們飽嚐白丁香的芬芳，自己躲在後院的小室，倒也分享到黃荊梅的燦爛。

東廂的三間卧室呈品字形，魯迅入住的一間面積最小，是他附加上去的，友人笑說是「老虎尾巴」，他卻戲稱為「灰棚」和「綠林書室」，較大的兩間供奉母親和朱安，魯迅和朱安的婚姻是舊禮教的犧牲品，與他向來提倡的自由戀愛背道而馳。母親大壽時，魯迅自費請金陵刻經處刻印的《百喻經》，似乎解釋了前因後果。魯迅自己也曾說過：「這是母親給我的一份禮物，我只能好好地供養她，愛情是我所不知道的。」細看朱安的卧室，牀上擺有藍枕頭和紅珠被，櫃上擺設時鐘和瓷瓶，另一邊還有描繪菊花的洗面盆，和隔壁母親卧室的擺設不遑多讓，魯迅果然是坐言起行了。在《芥子園畫譜》為許廣平題的「十年攜手共艱危，以沫相濡亦可哀，聊借畫圖怡倦眼，此中甘苦兩心知。」是後來的事，在北京市西城區阜成門內宮門口二條十九號，魯迅學習犧牲與寬容。

聽靜默説茅盾

想要知道茅盾當年的外交議程，壁報板上一目瞭然，像四合院的影壁，企圖要把內外的雜亂理出頭緒來。格但斯克市內，波蘭群眾如星，環抱茅盾似月；布拉格的作家之家、巴西的亞馬多、印度的安納德、古巴的紀廉與他惺惺相惜，鏡頭為他添了三個知己；他到維也納、柏林、斯德哥爾摩參予緩和局勢國際會議，留影不在話下；置身新德里亞洲十七國作家會議，圖片證明印度少女向他獻花……。那些年茅盾身為中國文化部長，兼任世界人民保衛和平大會中國代表團副團長，道重任遠。然而，井井有條的行程就代表成就嗎？攝影師急欲把他推往鏡頭前，踉踉蹌蹌他掉進一個昏沉沉的世界，唯有壁報板正中一封信的微型縮影，突顯他心底的渴望。時維一九五五年，他向上層請示，有意呈辭世界和平理事會一職，並且希望獲得長假，可以專心寫作。畢竟作家即是作家，一旦被繆斯垂注，就是終身職業。柴米油鹽都不是他份內應該擔憂的事，無論榮登高位或是打落冷宮，最殷切的期望還是抒發胸懷，就算單腳也要在原稿紙上緩步跑，茅盾亦不例外。

從壁報板望開去，左邊一個玻璃櫃珍藏兩份會議的講稿，米黃色的紙張細心釘裝成一冊，說話前先把思維記錄下來，增刪潤飾，是推敲的明證，佔據了他想抒情的時間。右邊的陳列櫃，擺放各類證件，一張藍色的圖書館個人借書證，壓在棗紅淺棕絳紅的代表證下，幾乎可以感覺到它在掙扎，想要脫穎而出。北京茅盾故居兩個展廳十多個陳列櫃，靜默的展品像手電筒，咔的一聲擦亮，照明茅盾旺盛的創作心火。

習畫人想要練達鐵畫銀鉤，會臨摹大師的巨幅，作家想要寫得一手好文筆，往往參詳前輩的傑作。啟蒙茅盾的先師包括《芥子園畫譜》和《莊子集釋》，介紹中國畫多種技法的《芥子園畫譜》敞開莘莘學子通往美感的門，《莊子集釋》反映茅盾的早熟，富哲理的古文經過註釋，幫助童稚的思維重新組織，莊子對生命的淡泊，也為茅盾日後面對嚴峻的歲月作好超逸的心理準備，後來茅盾自己也編寫《莊子選注》，對經典再度深思。名著隔鄰，是茅盾小學時期的一篇作文，字句旁邊每有老師的圈點，固然茅盾自小已經書法秀麗，老師更激賞他通順的文筆獨特的見解。流暢的文句顯然得自他當時愛讀的《西遊記》和《三國演義》，茅盾年少老成，小學大考成績優異，得到孫毓修編寫的童話書《無貓國》與《大拇指》作為獎品，並不曉得珍惜，瞬即轉贈幼弟，長大後才與孫毓修投緣，二十二歲擔任《小說月報》編輯之前，經孫毓修指引，編寫了多篇童話故事，單薄的小冊子是瓷磚，為他的文學創作鋪路。陳列櫃帶頭的第一本取名《書獃子》，彷彿茅盾對自己身為讀書人一點不帶犬儒的調侃。

清朝時的中國閉關自守，沿襲到民國還未改變，十九世紀中期以後，日本維新志士推行的新政府反為確立新的行政體制，不難想像當時思想前進的中國青年投向誰的懷抱。茅盾留學日本期間，是他早期創作的一個豐收期，屈指細數就有第一本長篇小說、七個短篇和十二篇散文，還未提到神話研究與外國文學閱覽九種，看來現代化的改革果然刺激文思。一個陳列櫃展覽溜過茅盾指間的日用品，懷錶之外，最矚目是一隻玻璃杯，厚身的白裏透露象牙黃，擺在橙紅色的塘瓷茶壺旁邊，身裁立刻比下去，是泡茶獨品茗？還是舉杯邀明月？用這樣袖珍的器具自斟自酌，給人到喉不到肺的感覺。俯瞰說明文字，卻是茅盾患上眼疾後用來洗濯雙目的工具，看來想要承接江河般傾瀉的文思，也要付出一定的代價，並不阻撓茅盾一鼓作氣。腳步橫移，玻璃櫃深鎖著茅盾抗日戰爭期間使用的紅皮英漢大辭典，他奔波在廣州、長沙、武漢三地救亡，仍然不忘翻譯，兵荒馬亂的歲月，資源有限，如書僮般陪伴左右的工具書，任是銅皮鐵骨，也給翻殘。再過去的陳列櫃有《清明前後》的寫作提綱，小說論文之外，他更馬不停蹄另闢戲劇的蹊徑，旁邊放兩枝深藍色的鋼筆，身體粗壯，喝飽墨水，協助茅盾吐盡肺腑之言。偶然停歇喘一口氣，已經趕了半生的路。回首陳列櫃龍飛鳳舞填滿簽名的紀念冊籍有如絲絹，恭賀茅盾悠悠五十載的錦繡人生。

展廳兩個陳列櫃，先是《第一階段的故事》與《霜葉紅似二月花》、《動搖》、《野薔薇》、《莽宿》的封面互相疊印成扇面，再有《夜讀偶記》與《關於歷史和歷史劇》的手稿唇齒相依，都躲在玻璃櫃裏歌唱，眾聲喧譁之際，忽然響起如雷的禁令，應了道家說過「物極必反」的至理名言。根據短篇小說〈林家鋪子〉改編的電影，沾染「毒草」的污名，其後茅盾還被抄了家，幸虧他的名字排在受保護作家的行列，才沒有被趕進牛棚。噤若寒蟬之後，平日茅盾讀書自遣，壁報板上有他手執書卷的照片，一付怡悅理順的模樣，然而作家最終的興趣並不在讀書，淡泊的神情掩不住一絲苦笑。俗務纏身的時期，茅盾已經像被逐出奧林匹斯山的神祇，風聲鶴唳的歲月，他更似被鎖在高加索山懸崖上的普羅米修斯。冰霜溶化，茅盾甚至已過了從心所欲不越矩的年齡，難得解禁，壁報板的圖片似乎暗示他執著的筆在格子間依然健步如飛。可是另一個陳列櫃卻有一部黑頂灰身的錄音機，說是幫忙他寫作回憶錄，到了一個年齡，手再追不上心的節奏，只好借助口來傳述一個人的歷史。

近出口的陳列櫃像挺起的胸膛，掛著茅盾文學獎的獎章，另加獲獎證書及請柬，完成茅盾的宿願。別人領了稿費後置業興家，茅盾卻把一分一毫積聚下來，絞盡腦汁的錢都捐贈給中國作家協會，作為鼓勵每年最優秀的長篇小說基金。寫作給茅盾的啟迪，會不會一如德頓河施予華茨華斯的洗禮：

河流教曉我與之所至與不被世俗認可的歡愉
讓我不再胡鬧不致名聲受損

一個寫童話的青年就這樣成長為文壇巨擘，因為茅盾不獨佔創作的喜悅，儘管他最終走進靜默的墳墓，聲音依然如雷貫耳。記取前一個展廳一封朱自清寫給茅盾的賀信，同時感激他獎掖後進，題目就叫做〈始終如一的茅盾先生〉，因為堅持自己的信念，手執長矛和盾牌，茅盾先生絕不矛盾。

原載《香港文學》二〇一七年八月號第三九二期

紅樓外的綠洋

甚至知己也不明白，我甘願乘搭長程飛機抵受時差之苦，再轉地鐵和巴士，只為在北京植物園的草木間兜圈，香港和溫哥華不是都有植物公園嗎？為甚麼要戀戀風塵？說實話，我的目的地其實是曹雪芹紀念館，買過票子內進，草坪上粗壯的喬木瘦小的樹苗，都掛有一塊標籤，訴說自己與《紅樓夢》的淵源，我猛然醒覺曹雪芹除了試圖呈獻一部風月寶鑒，更有意縷述草本綱目，於是上前一一細認，過後得悉，曹雪芹紀念館正在進行修繕工作，暫停開放，吃閉門羹反為是次要的事。旅遊時總要承擔種種風險與突變，往往心想事不成，原本在家裏議定的行程，只好咬緊牙關拋進背囊裏，生活有時不也是這樣嗎？節外生枝，可能會開出奪目的花蕾，紅樓外的綠洋，為我練達一顆平常心。

植物公園裏還有紅樓夢植物專類園，一張張字卡像智能手機的攝錄器，讀到《紅樓夢》的精采片段，咖嚓一聲便記下來，定鏡放大，曹雪芹的生活品味，悠然從字裏行間滲出來，千頭萬緒，就從飲食說起。不是說「寶鼎茶閒煙尚綠」嗎？茶煙裊裊婷婷，曹雪芹可以細數各種類的名茶，還不厭其煩地描寫選擇茶水、器皿以至喝茶的氣氛。晴雯逝去，賈寶玉用她平時最喜愛的冰鮫縠寫成《芙蓉女兒誄》，擲筆後焚帛，用沁芳亭的泉水，沖成楓露茶一杯，代酒祭奠，茶不止供人品茗，還可以寄託對死者的繫念。姑且拿草木作食材，也透露曹雪芹的點點心思。植物園裏有一棵樹，綠葉像托盤突出一束紅色的圓球，寶玉喚作丹椒，如今我們改稱花椒，童年時母親加上八角，調製成家鄉鴨，給我冠冕堂皇的藉口可以懷舊。《紅樓夢》慶賀中秋的一回，榮寧兩府各房媳婦爭相在捧盒內盛了幾款菜式孝敬賈母，王夫人平日吃齋，真把這位巧婦難為，情急智生，奉上一式椒油蒓齏醬，總算投合賈母的口味。曹雪芹似乎想證明，素菜也可以吃出味道來。園裏的一株棗樹，綠葉間一時找不到紅色的果實，想都給襲人採摘，烹成建蓮紅棗湯，捧給寶玉作早點，寶玉喝了兩口便罷休，對他這樣一個公子哥兒，紅棗湯只不過是漱口水。倒是秦可卿病入膏肓，賈母遣人送來棗泥餡的山藥糕慰問，她吃了兩塊，只覺「剋化的動似的」，彷彿嚐到人間最後的滋味。枸杞芽又是另一道可口菜餚，用油鹽來炒，據說只供宮廷貴族享用。賈探春和薛寶釵想一沾后妃的風采，本來值二三十錢的小菜，派遣丫環用五百錢賄賂管廚房的柳氏，重金禮聘的枸杞芽，幾乎可以用彌勒佛的大肚子裝載，為了滿足口福，不惜工本。

專類園的泥地佈滿枯梗敗葉，枸杞不知去向，只憑扇形圖看到紅花綠葉，標籤細說可口之外，還有治療的功效，譬如「悅顏色，堅筋骨」，兼具「烏髮明目」，根本從頭到腳的花葉根實都可以當藥材。曹雪芹最清楚，著書偷閒，經常到山後為老百姓看病，我們只把他當作文人，倒不知道他有兼職。也是自己粗心大意，《紅樓夢》就充滿對山草藥的描寫。石頭圍一個圓圈作為紫蘇的培養地，未有機會聞到它發放的芳香，只知道它特有活性物質和營養成份，一如枸杞，葉梗和果子都可以用來煎藥。晴雯偶然得病，寶玉細察大夫開的藥方，嫌枳實和麻黃只適合男子的體質，改為當歸陳皮白芍才覺妥當，對於劈頭第一味的紫蘇倒沒有異議，想是較為中和的藥。沿階撿拾到狹長如綠針的麥冬草葉，未見塊根，卻是藥療的精華所在，其中一個功效是清心除煩。賈瑞想要調戲王熙鳳，給對方戲弄墮落相思局，結果得了重病，延醫診治，五味藥中就有麥冬一項，然而他吃了數十斤也未見成效，曹雪芹似乎諷刺他虛不受補。其後方士送來一副正反兩面皆可照人的鏡子，賈瑞仍是執迷不悟，曹雪芹趁機帶出「風月寶鑒」的題旨，中為西用又可以說草藥是世情的探熱針。有如蜜蜂堆疊翻飛的蓍草，除了解毒消腫，止痛止血，兼有情理，與人沆瀣一氣，比如知己，肝膽相照。晴雯生得標致，無端惹禍，寶玉認為早有徵兆，並且列舉先人廟寺祖墳的樹木為例，當中就有孔子墳前的蓍草，都有浩然之氣，一千年間，會隨著時勢的盛衰而榮枯，順應人生，看來草木也不是頭痛醫頭腳痛醫腳那麼簡單。

懷著文人的雅興，曹雪芹往往信手拈來花木當形容詞。白果的兩番轉折就引人入勝。廣東人有「食白果」的俗諺，興起白忙一場的概嘆。宋朝時，人們卻奉白果為上品，「食白果」是榮幸，還尊稱為「銀杏」，向朝廷進貢，期望得到寵幸。《紅樓夢》有一回，眾人慶祝寶玉生日，梨香院的名伶芳官適意打扮到來賀壽，右耳根內一個小玉塞子，左耳上一個硬紅鑲金大墜子，曹雪芹形容飾物像一個白果大小，襯得芳官「面如滿月猶白，眼似秋水還清」，都說人靠衣裝，芳官靠曹雪芹的字包裝，立刻活靈活現，在我們的心目中，他真的和寶玉像一對雙生兄弟。白果與核桃就算不是雙生也是兄弟，寶玉到梨香院鬧酒，辭別時丫環本來要給他戴上斗笠，只是粗手粗腳，隨意一抖便往寶玉頭上套去，曹雪芹乘機描述黛玉的小心眼，出動核桃來形容斗笠上的絳絨簪纓，說黛玉輕輕扶起，讓它顛巍巍露在笠外，一付鑒賞家的模樣。雨夜寶玉造訪瀟湘館，曹雪芹再借核桃形容他懷內的金錶，《紅樓夢》的角色在大觀園過著優悠的神仙生活，不知人間何世，曹雪芹突然提起時間，倒像把他們貶落凡塵。既是神仙，就要把無用的物事放大，流露一點品味，根本品味是《紅樓夢》角色的專利，出生時經造物主一吻，活著就開了竅，引申開來，友儕之中，不乏有人為一場芭蕾舞一齣能劇，風塵僕僕從家居的城市飛往表演的城市，都是曹雪芹一手培育的紈絝弟子。不得不提曹雪芹的幽默，當時流行一種兒童玩具喚作核桃車子，玩具傾倒，核桃滾出來，嘩啦嘩啦的響，曹雪芹用來比作王熙鳳車輪似的嘴巴。他又用菊花對比大小戶人家的心態，李紈的丫環碧月在大觀園採摘四君子之一，用大荷葉式的翡翠盤子，迎進室內，任賈母過目，賈母精挑了一朵大紅菊簪在頭上，王熙鳳存心和劉姥姥開玩笑，把一大堆菊花橫三豎四插到劉姥姥頭上，眾人嘲笑劉姥姥像老妖精，她卻怡然自得，當自己是老風流。

曹雪芹對花草更有一份深情，相信它們有靈性，幾乎摒棄代表死物的「它」，寧願用比擬人化的「他」。寶玉在桃花樹下讀《會真記》，樹上抖落桃花灑得一身，寶玉不想桃花掉滿泥濘遭人踐踏，用衣兜了花瓣灑進池塘，讓桃花隨水飄往沁芳閘。曹雪芹意猶未盡，筆鋒一轉加入黛玉，肩上荷著花鋤，鋤上掛著花囊，手裏拿著花掃，為了表示角色對花草的感觸，細意描寫葬花一節，還請來寶玉幫忙著把花片掃入囊中，在大觀園堆一個花塚。杏樹也帶有傷懷的意味，寶玉看見山後有株大杏樹，花已全凋，剩下豆子大小的許多小杏，想到自己病了數天，已經辜負杏樹開花結子一片好風光，再往下想，刑岫煙已經許配別人，大觀園的人事一再凋零，更覺黯然神傷。

翌晨從酒店步行到地鐵站，迎面走來一株枝葉緊縮似抱著自己的落葉喬木，尾隨著一株枝葉散開如羅傘的高大樹幹，都似曾相識，上前看字卡，果然是西府海棠和銀杏。昨天剛在專類園內邂逅，轉角還有兩株元寶楓。貪看字卡，還認識到疤面的法國梧桐、花蕾還稀疏的櫻花和綠髫簪滿白花的金銀木，豐富了我呼喚大自然的詞彙，樹便一直開過去。顧著看樹，倒錯過了地鐵的正門，不要緊，旁邊還有一道石階可以拾級而下，於是想到曹雪芹在書中揮灑的各種意象，不也像地鐵一般四通八達嗎？花草樹木只是夢的另一個入口。

曹雪芹纪念馆

往「敲打文學館」的路上

美加邊境的移民官高坐在亭裏的凳上，儼如鐵面無私的青天大老爺，不苟言笑的問：「今次你們來美國的目的是甚麼？」還未嚴刑逼供，夥伴已經和盤托出：今晚先在科瓦利斯的大妹家過夜，明天到尤金市與二妹茶聚，晚上約了阿拉米達的表弟吃飯。移民官依然不肯罷休：「有沒有帶水果蔬菜？」儘管夥伴搖頭，移民官還是從高凳下來，也不理會後面擺了蜿蜒的車龍，紆尊降貴改扮獵犬，在我們的電動車旁探頭探腦，好一會才板著臉孔送上「旅途愉快」的祝福，讓我們過境。我冷眼旁觀，心中不禁竊笑，今次我們穿州過省，其實有意直闖三藩市，拜謁不肯向建制低頭的「敲打文學館」，只是夥伴貪圖方便，不想擾亂移民官的視野，破壞自己一向忠直的形象，不惜信口開河，相信移民官今生也不覺察自己受人愚弄。我輾轉接過護照放回背囊，帶著偷渡客過關時的歡喜。看似明察秋毫的邊境檢查，說到底都是一場自欺欺人的玩笑。

來到華盛頓州，是美國的疆土，觸目所及依然是射出針葉的冷杉，開小白花的鐵樹、針葉叢生的松樹與花如喇叭的杜鵑，儘管這裏的州樹是西部鐵樹，州花是海角杜鵑，風景並沒有因為過境而改變，畢竟楚河漢界都是人為的版圖。只是到「敲打文學館」朝聖，華盛頓州倒為我們提供熱身運動，身為「敲打文學之王」的傑克・凱魯阿克就曾在本州驚鴻一現。時維一九五六年仲夏，凱魯阿克寫畢長篇小說《在路上》六年，仍然沒有面世的希望，不名一文。與友人攀山，忽然想到「登峨」撲火也可以是一份優差，起碼遠離吸毒和酗酒的瘋群，能夠聚精會神創作。他找到貝克山國家森林一份季節性的工作，老遠從三藩市出發，乘順風車經西雅圖直抵護林站，接受了一星期救火訓練，揹著四十五元雜糧，乘纜車、划船、騎馬來到孤絕山，與外界的聯繫全靠一部無線電收發報機。看來他真有與世隔絕的心，凱魯阿克戒掉了性愛和可口的中華美食，換來無限的自由，幾乎有白雲深處坐禪僧的得意。他在孤絕山站崗了六十二天，靈感如龍捲風，為他日後的傑作提供了不少養料。多年後一位護林員憶述凱魯阿克，抱怨他經常關掉無線電埋頭寫作。普通人遇見吊兒郎當的作家，恨不得立刻在他額頭紋上「不負責任」的字樣，其實說來冤枉，《達摩流浪漢》和《孤絕天使》都是他辭工後的作品，在職期間，他只寫過一封信、幾首詩和零碎的流水日誌，對他來說，自由就是背負行囊鬧思想革命。此刻我們在州際五號公路南行，有時綠樹密集成牆，有時拋出綿亙數十哩的地毯，風景每多變幻，一忽兒開闊成購物商店的停車場、一忽兒綠樹間點綴幾戶紅頂白身的人家，凱魯阿克的孤絕山卻隱在山脈背後，像遙不可及的夢想，唯有車窗前的藍天白雲，依然為想像提供足可塗抹的畫布畫筆。轉眼間落葉松與雲杉加入鐵樹與冷杉的行列，我們抵達哥倫比亞河，電動車滑上綠色的鐵橋，還未走畢全程，輕車已過奧勒崗州的界限。

夾在華盛頓州與加里福尼亞州之間，奧勒崗州未必是過場音樂，說起來，它與敲打文學還有氣若游絲的淵源。敲打詩人惠倫、史耐德與威爾曲，都曾在這州的裏德書院恩承春風夏雨。美國的高尚學府多如恆河沙數，裏德書院甚至不是正規大學，難入勢利眼，卻因為出了這三名高徒，一時鯉躍龍門。就像廣州一座古剎，本來隱在眾多禪院的屋瓦間，只是達摩父老在這裏鑿井洗缽，頓時寺憑父貴。從美國的敲打文學運動扯到中國的禪宗，並沒有離題萬丈，三位詩人都崇尚佛學，惠倫後來更削髮為僧。每次乘車經過奧勒崗州，我都想起立致敬，不為這段因緣，而是只能用一個「巧」字形容的心思。當然人人都可以自由挑選，奧勒崗州本身擁抱起伏有致的山巒、沙漠、海岸線和森林區，每年吸引大批遊客，已經是百尺竿頭，它卻更進一步，立意在文化地圖留下名片，於愛旭蘭市耕耘莎士比亞戲劇節，自從一八九三年，每年二月至十月間，在三個舞臺上演十一部戲劇，半數以上是莎士比亞的作品，至今已經闖出名堂。一個地方的魅力，可以在於它多走的一哩路。我們奔馳在州際五號公路，看不到裏德學院，愛旭蘭市倒是遙遙在望。來到格蘭次帕斯，我們轉向西行，從一九九高速公路駛往海岸，不一會便是通往洞穴的途徑，小鎮索性取名洞穴交叉點。本來稀疏的冷杉和雲杉，忽然匯集成林，樹皮長滿表苔，遠看倒像常綠的雨林。不經意已進入加州，抵達海岸巔峰，以為看盡山林景致，穿過漫長的隧道，卻一頭栽進紅杉的懷裏。

如果每株樹都代表一個傳奇，加州的紅杉區有如雅典的萬神殿，廊柱般的長樹幹一直向上伸，隻手遮天，把白晝喬裝成黑夜，我們在暗夜行路，似乎在茫無頭緒的人生摸索，眼看走上絕路，豁然開出晴天。紅杉像換佈景般退居幕後，接上低矮的青藤，背後有標樁支撐，整齊排列成行，從疾馳的車窗望出去，像手牽手在綠野間歡舞，我們不經意已經來到加州的酒鄉，等七、八月間綠藤成熟，提供珍珠般的葡萄釀酒，沿途就有酒莊試味。夥伴又指出向東駛跨過索瑪諾山谷，會被招入傑克·倫敦的「狼舍」，南下經過聖塔羅沙，會與舒爾茲紀念館打照面。一個地方沒有變化，我們覺得苦悶，太多自由選擇，又令我們無所適從。倒不如心無旁騖，擁抱惠倫的情懷。一九五五年十月，惠倫接到史耐德的請柬，邀約到三藩市北灘的六號藝廊，參加一場新銳詩人聯合朗誦會，聚集本由海德瑞克發起，是敲打族第一次公開表態，嚮應美國西部的文學革命，延續三藩市文藝復興的傳統，應邀的還有金斯堡，汲汲從紐約趕來，吟詠他的迷幻新詩《吼》，一吼驚人。六號藝廊本來是修車廠，數度易手，現在成了地毯銷售店，我們都無意到舊址憑吊，只是二〇〇三年開始，有心人在北灘開設「敲打文學館」，倒值得我們僕僕風塵。

臨近三藩市，我們見證到車水馬龍的盛況，一輛車歸心似箭，需要勞動警車勸它鬆弛神經。過金門橋，通行費又再飈升，鄰近的灣區大橋還可以用另築新橋耐震補強作藉口，金門橋穩如泰山，就地起價，是否想購置金漆鍍橋？車上市區的柏油路，顛簸不平，路破了也無人修整，處處流露經濟不景的寒酸，倘若敲打一族尚在生，對市政府收支不平衡，不知又有甚麼評語？約了友人在唐人街一家中菜館晚膳，但見人頭湧湧，原來美國總統奧巴馬近日到此一遊拍照留念。要人總是望遠鏡另一端的恆星，奧巴馬為前任總統收拾爛攤子，更惹人垂憐。下一天我們來到「敲打文學館」，卻如入無人之境。戲曲裏有說白：「山中方一日，世上已千年」。千年是言重了，我們在車中一日，車外倒流轉了多少個寒暑。

原載《大拇指臉書》二〇一六年五月二十六日

SHOP

THE
BEAT
MUSEUM

書屋自有敲打樂

書屋的面積不算小，聽說《在路上》主角之一藍身車甫在影片裏亮過相，蓬頭垢面趕來，就曾經停泊在店中央，也不許人為它抹身，堅決保留僕僕風塵的原貌，任館主說得天花亂墜，始終與書屋絕緣。右邊書架上的孤本叫價高，黏有塵埃的鍍膠封面捧在手中，始終感覺物非所值。門前索性用廉價書招徠，三元一本，旁邊一個去了水的浴缸，泡在裏面的盡是平裝書，五元三本，翻了數翻，除了兩本經典名著，多是暢銷書，就算免費贈閱，也嫌增加背囊的負荷，或者我也不應該太刻薄，勞倫斯．費靈格蒂經營的《城市之光》書店座落大街對面，有如泰山壓頂，我幾乎可以聽見書屋的喘息。猛然鄰近的豔舞場拋來媚眼，提醒我們上世紀五十年代北灘這裏有脫衣舞孃、癮君子、醉酒漢出沒，黑幫也常來毆鬥，卻也孕育了敲打一族、三藩市文藝復興和波希米亞生活。書屋在門前擺一張傑克．凱魯阿克與尼爾．卡薩迪格搭肩稱兄道弟的放大照片，上書《敲打文學館》，驀然提供不一樣的風景。絕處逢生的奧秘，還得看書屋亦雅亦俗的顏容。

《敲打文學館》用上大量文字介紹運動的由來，看得人筋疲力竭，其實陳列櫃裏放一支薩克管，牆壁上掛一幅傑克遜．波洛克的《路西法》，已經畫龍點睛帶出了敲打文學的精髓。映照人面的玻璃櫃裏，薩克管一枝獨秀，像懶洋洋的金蛇，珍貴而不自知。大樂隊陣容鼎盛，然而提起爵士樂，我總先入為主想到薩克管，高曠的清音迂迴曲折地從器管裏噴出來，自得其樂。在一場音樂會裏，興之所至，樂師可以暫時跳出樂譜的規限，讓剎那間的靈感帶自己走遍天涯海角。吹奏者再不是演繹音樂，躍登作曲家的地位。喜歡聽爵士樂，會陶醉在這種娛己多於娛人的心態，「敲打文學之王」凱魯阿克似乎也有同感，也算是潛移默化，他經常流連於紐約和三藩市的爵士夜總會，認為寫作就像學習吹奏爵士樂，要吹得耐久才吹得好，《敲打文學館》甚至引用他一段話：「典型三藩市文藝復興的美國新詩⋯⋯像新舊交疊的瘋狂禪詩，腦中當時想到甚麼就寫甚麼，詩歌返回吟遊小子的口述傳統，不是學院派板起臉孔的詭辯。」其實不只凱魯阿克，其他敲打作家譬如金斯堡、費靈格蒂、柯索爾都喜歡即興，採用爵士韻律學，完全沒有腹稿，只為傳達作者即時的體認。玻璃櫃裏陪伴薩克管還有幾本爵士樂師的傳記，包括白賴恩·普萊斯列的《查理·柏加傳》，柏加是典型的爵士樂大頑童，滿腦子複雜的和聲模式與旋律意念，喜歡吹出漫長而光輝壯麗的樂句，像巴洛克音樂充滿裝飾音，旋律峰迴路轉，音程顛簸，出奇不意又會頓一頓，開創比博普音爵士樂，凱魯阿克長聽柏加，結合老朋友卡薩迪急口令的說話方式和自己狂暴的寫作風格，也創「比博普自發性散文」，獨創風格總是寂寞的，伶牙俐齒的卡波提就恥笑凱魯阿克的《在路上》不是創作，只是打字，無疑凱魯阿克不用白紙單張，只把紙筒捲進打字機裏，福至心靈，讓鍵盤敲出意識流，即興方式簡直與柏加同一個鼻孔出氣。可惜凱魯阿克生不逢時，現時電腦的打字方式就為他度身定造。彷彿要為敲打文學襯底，書屋選播幾首爵士樂曲，一瞬間耳際響起艾拉·費滋潔拉的《禁不住愛那人》，是《畫舫旋宮》的插曲，費滋潔拉卻洗盡音樂劇的鉛華，更似推心置腹說體己話。「煙囪起火，屋簷漏水，他也似不在乎，呷一口杜松子酒，樂在其中，我甚至愛他吻裏帶的酒味。」數風流快活，誰能勝過敲打一族不讓俗務纏身的男人？

冷眼旁觀的《路西法》應該不是真跡，遊人依然可以領略到波洛克的神韻，蜘蛛網狀的黑線條橫跨巨幅畫布，沉重而有魄力。我站在牆邊觀賞，竟像透過鐵絲網，從高空俯瞰下面點藍點橙的米黃山村。波洛克的畫作耐看，因為他的粗線條代表生命力，也代表惡勢力，一瀉千里的創作慾傾瀉在畫布上，再用枝條細分，他似乎着意於創作本身多於創作主題，就看意志與想像力怎樣如神跡般相結合。這方面他倒與敲打一族志趣相投，透過打字機，敲打作家不是也喜歡把千頭萬緒，敲成長跑式的文句？拿道德尺度當作安全毯的觀眾，又可以從《路西法》看到善惡的對峙，鬼畫符的黑線條就是惡之華，像漁翁撒網，把珍珠般的彩點都罩在鐵掌裏。館主在《敲打文學館》掛一張《路西法》，也算語重心長。二十世紀五十年代，家居伸展到市郊，化學工程達到巔峰狀態，新崛起的敲打一族就像網中的斑點，重重被困，細數路西法，可以從原子彈、冷戰、歇斯底里的反共意識說到形形色色的歧視。《敲打文學館》又保留一部點將錄：當凱魯阿克衝破異族通婚的禁忌與黑膚女子談戀愛；金斯堡忙著為同志爭取權益；米舍利斯自甘「墮落」，與藍領、癮君子和街頭流鶯為伍，用爵士樂和怨曲的節奏，為他們撰寫新詩；麥克魯爾與史耐德都是環保的發起人。敲打一族未必板起臉孔，也會嬉笑怒罵，柯索爾就把反核詩打扮成蘑菇雲的模樣。有人把 beat generation 譯作垮掉一代，生活裏的殘酷或會令他們感覺垮掉，依然擁有活生生的衝勁，敲出詩文反擊人世間的路西法。

薩克管與《路西法》之間，紅杉木桌上擺放一幅玄壇臉孔的油印機，似乎與環境格格不入，細看說明文字，才知道它與敲打一族的因緣。名駒也需要伯樂賞識，何況敲打一族題材憤世嫉俗，常令編輯止步。說起來，敲打一族倒要感謝愛迪生，自從一八七六年他取得油印機的專利權，替敲打一族另闢蹊徑。為了滿足他們的發表慾，新作寫好，借模板排字，轆上油墨，用把手與捲筒搖出付梓的夢想，起碼在小眾同好間傳閱，有點像當今的臉書。卡夫曼主編的《至福》文學雜誌，也是用這個方式面世。敲打一族後來多已成名，凱魯阿克固然稱王稱帝，一九七四年金斯堡憑《美國的毀滅》詩集榮獲美國國家圖書獎，次年，史耐德也以《海龜島》一書奪得普立茲詩歌獎。英雄的出處還是要問的，如果成名後的敲打一族想到跋扈，油印機的銹跡正好代表記憶，提醒他們微時的滄桑。

敲打一族的故事千絲萬縷，不知從何入手。文學館主想到一切由卡薩迪說起，也算明智之舉。經過恰斯穿針引線，卡薩迪正式加入敲打一族，從此成為多位重要作家的靈感。《在路上》裏「神聖的搗蛋鬼」狄恩．莫里亞提就是他，其後凱魯阿克又為他改名換姓，在自己多部小說出現，當中《科迪的遠見》，凱魯阿克自認為最得意的作品。陰差陽錯卡薩迪又成了金斯堡名詩《吼》的秘密英雄，卡薩迪雄霸五、六十年代，多年後肯．凱西的「歡樂胡鬧幫」，特別指派他駕駛迷幻巴士「更遠」，直闖嬉皮士的領域。卡薩迪是敲打一族的典型，本來是南太平洋鐵路的煞車工人，幹了十年索性辭掉正職，與凱魯阿克浪跡天涯，以後避免一切稱為「工作」的正經事，整天只會敲小鼓打榧子，嗜好調情，不是溫柔而略帶傷感那一種，而是精力過剩需要消耗殆盡，小康之家不能困住他，為了掩飾自己的內疚，他甚至鼓勵妻子嘉路蓮與凱魯阿克結緣，三人藤纏樹的關係，由嘉路蓮寫成小說《心跳》，荷里活曾經把它搬上銀幕。卡薩迪也寫自傳《前三份一》，死後由《城市之光》出版。當時人們認為平均壽命是六十歲，卡薩迪本來打算每二十年清算自己一次，《次三份一》的文稿卻在凱西農莊失竊，至今下落不明。卡薩迪卒於四十四歲，自然沒有足夠題材完成《後三份一》，《敲打文學館》掛一幅米舍利斯畫的卡薩迪肖像，黃襯衫上一張藍面孔，在現實與虛幻之間若隱若現，人稱「敲打一族」為天使頭潮人族，卡薩迪最當之無愧，謎樣來謎樣去，成就了一則魔鬼天使的傳奇。

原載《大頭菜文藝月刊》二〇一九年七月總第四十七期

把記憶埋在蝴蝶塚

H.G.威爾斯的《星際戰爭》靜悄悄地躺在柏林一間舊書店，納博科夫路過，隨手檢拾，恍如隔世。物有相同，起初他還心存疑竇，然而父親常用的藏書票確鑿地張貼在科幻小說的扉頁，無可抵賴。《星際戰爭》本來挺立在聖彼得堡舊址的圖書閣，養在深閨身嬌肉貴，故園風雨後，家中的藏書流佚到海外，混在古本殘籍，沾染了霉味，納博科夫依然愛不釋手，彷彿重遇失散多年的忠僕，幾乎想要抱頭痛哭。

十二年前納博科夫十八歲，俄國二月革命推翻沙皇帝制，納博科夫的父親出任臨時政府的秘書，不旋踵十月革命卻又傾覆臨時政府，納博科夫一家人流落到克里米亞，寄居友人的莊園，也不打算長住，輾轉遷徙到利瓦季亞，父親接任克里米亞的法律部長，回家也就成了幻影。納博科夫就像飄浮在水中的玻璃瓶，以為迅速回岸，卻被海浪愈沖愈遠。從德國到美國，納博科夫更放棄用俄文寫作，一九五五年用英語撰寫《洛麗塔》，細膩刻劃三十七歲男子和十二歲女童的情慾，遭衛道之士列為禁書，反為速進納博科夫的名聲，他說過：「這些年來我珍惜的鄉愁，是對失去的童年的誇張感受，並不是為失去的鈔票發愁。」當時納博科夫五十多歲，洛麗塔這隻小妖精，可是他發育未健全的鄉愁？

《洛麗塔》面世的一年，美國遊客寄給納博科夫一幀聖彼得堡舊址的照片，黑白微粒洗淨花崗石粉紅色的鉛華，門面大膽的新藝術運動兼意大利風格的裝飾也不凸顯，沿街新栽的樅樹更遮蔽三樓窗戶上方鍍金的紫色馬賽克圖案和屋頂上圓錐形的雕花欄杆，納博科夫依然珍重地把照片當書籤鑒賞，夾在《說吧，記憶》六十四至六十五頁之間印出來，與記憶作心靈對話，就是他試圖重返童年的藍圖。不是平鋪直敘的回憶錄，更似畢加索式的拼貼，比如《說吧，記憶》的終篇原來屬於《確鑿證據》。固然因為童年的納博科夫居無定所，春秋到離市區五十里的維拉鎮渡過，暑假又旅遊國外，冬日才在聖彼得堡落腳，然而記憶本身不是也很興之所至嗎？納博科夫說聖彼得堡是他整個世界唯一的家園，可能因為全家人遷進整條街道最風光的住宅。馬車道直通小庭院，堆疊著樺木等待餵飼屋裏的火爐，提起最漂亮的房間，納博科夫惦念樓下的綠廳，四壁輕弄絳紗，天花板挽留畫師的綠雲彩，節慶時擺放一株頂天立地的聖誕樹，提供插入雲霄的壯觀。「高」之外不能忽視「大」，圖書閣寬敞得可以容許納博科夫家族一萬冊的藏書，少年納博科夫就是在這房間吸納詩的氣韻，父親和法藉老師每天更在這裏練習拳擊和劍擊，圖書閣豈止是精神的健身房。卻是圖書閣隔壁的會議廳，展陳兩父子性格的分歧，每晚八時，弄堂裏堆滿大衣和套鞋，納博科夫的父親讓一群政客簇擁，坐在鋪蓋綠色厚毛絨襯墊的長桌前，商議下一階段怎樣反抗沙皇，從小到大，納博科夫最討厭會議，更不喜歡參政，少年時樂此不疲的玩意，是與表兄弟在會議廳旁的旋轉樓梯追逐，扮演牛仔持槍決鬥。兩父子唯一心靈相通，都喜歡用削尖的鉛筆記事，納博科夫在母親的閨房出生，也在這房間成長，小時候他愛用嘴唇緊貼窗玻璃的薄紗，感覺玻璃的冰冷，逐漸他也體會到世情的冷暖，他戲稱房間的窗是突出牆壁的洞，革命期間，他透過這些洞看到街頭的動蕩，也第一次見證死亡。

到聖彼得堡幫忙納博科夫找失落的家園，有如尋寶遊戲，舊址隱藏在聖以撒主教座堂附近，只憑兩塊小石碑作記認，寫的還是俄文，要不是導遊指引，舊址淪為大都會保存得最好的文化秘密。舊址已經易手為納博科夫紀念館，傢具都已移走，唯有牆下方鑲嵌的壁板，提醒我們這裏曾經是豪宅。經過革命洗滌，貴族貶為平民，房舍被多戶人家瓜分窩居，牆與牆之間再談不上分隔圖書閣與會議室。造訪期間，綠廳需要裝修，還暫停開放，聽說天花板的綠雲彩早已被洗刷，納博科夫想要追憶，只好在小說重構，《婀妲：家庭記事》的主角狄蒙的曼克頓住宅就有一個洛可可風的天花板。紀念館牆上的說明文字倒把納博科夫家族放到歷史洪流重新評估，納博科夫的父親本是俄羅斯立憲民主黨的重要成員，反抗貴族統治，舊居更在歷史佔一重要席位，就在會議室裏，黨員簽署協議，要求沙皇制定憲法，一九〇五年二月的革命之火就這樣點燃。另一房間展覽納博科夫的書桌，可說是家徒四壁，掛著他旅居西歐與美國的生活照之外，空無一物，似乎反映納博科夫的心路歷程，從富麗堂皇的巨宅遷到雪松牧場，繼而是愁雲慘淡的灰白框架房子，再移居大而無當的紅磚屋，納博科夫也因陋就簡。踏入另一房間，烏燈黑火，強光只聚焦在兩邊的陳列櫃，展示納博科夫作品的初版本，這一邊有他用俄文寫作的《斬首之邀》、《禮物》、《棋壇情史》，英文寫的《普寧》、《微暗的火》與《勞拉的原型》，納博科夫也不忘向世界推薦俄國文學，另一邊有他用英文翻譯果戈里、杜斯妥也夫斯基與普希金的著述。世事瞬息萬變，唯有陳列櫃的殘本，像一個個寶匣，試圖挽回生命的莊嚴，遠處一個房間傳來喁喁細語，走近聽見納博科夫接受英國廣播公司訪問的錄音，隔著牆壁彷彿用布蒙面說話，發出似有若無的嘆息。

一自九歲，納博科夫的野心已經圍繞蝴蝶飛舞，喜孜孜寫信給當時首屈一指的鱗翅學家，想要當昆蟲界的莫札特，回信令他失望，他想要借助成名的蝶翅新品種，早已經人捷足先登。直至三十多年後，他才算圓了蝴蝶夢。納博科夫大半生顛沛流離，蝴蝶慰藉他的鄉愁，家道中落經濟拮据，來到蝴蝶漫天飛舞的柏林和巴黎，也沒有閒情追逐心願，輾轉流落到美國，遠離俄國讀者，在西方文壇又未受賞識，蝴蝶倒助了他一把，他在哈佛大學的比較生態博物館擔任鱗翅組策展人，從義工到全職，生活總算穩定下來，就等《洛麗塔》把他帶上文學高峰，晚年他歸隱到瑞士與蝴蝶為伍，猝然在洛桑一間醫院病逝，據說是因為在阿爾卑斯山追逐蝴蝶時失足掉落山崖。納博科夫起初研究蝴蝶的形態學和分類學，逐漸依戀歷史情緒，考慮蝴蝶在新舊兩個世界的情結，他拿普藍眼灰蝶為例，出生於亞洲，飛渡西伯利亞來到白令海峽，朝南繼續向新世界進發，最終落戶於智利的花枝，經過時間和空間的發展，品種也就變得多樣化，納博科夫似乎是以身托蝶了。納博科夫紀念館展覽他用過的捕蟲網，鐵灰色的網拍附有紅色把手，像卑微的想望，銹黃色的網框圈住如夢如幻的網袋，納博科夫就用來撲捉林間與腦海飛翔的蝴蝶，他也喜歡繪畫心頭所愛，自標本臨摹，亦有憑空想像，還賜予虛構的拉丁名字，帶著顯微鏡的銳眼，蝴蝶寫真只贈送至親和好友，與他相處五十多年的愛妻維拉，順理成章是收件人，小說初版本加上蝴蝶般的情話，就是維拉的聖誕禮物。繪圖之外，納博科夫平生又喜歡收集蝴蝶標本，散佈紀念館多個角落。任是五彩繽紛也看得我毛骨悚然，說穿了都是浸染藥水的木乃伊，一些人眼中的美麗，不准移動，釘死在鋼板上。暮氣沉沉卻切合破落戶的氣氛。百多年前聖彼得堡舊址曾經迴盪納博科夫童稚的笑聲，歷經時間打磨，轉化為記憶，都埋葬在慘淡的蝴蝶塚裏。

記憶細說納博科夫平生捕蝶的裝束，先是一個頭戴水手帽身穿燈籠褲的俊男童，長成一個頭戴貝雷帽背負法蘭絨包的外籍男士，退化為一個沒有戴帽身穿短褲的胖老頭，瞬息萬變令我想起莎士比亞《如你所願》第二幕第七場的人生七階段，最初是在襁褓懷中呱呱啼哭的嬰孩，繼而是拖著蝸牛步不肯上課的小學生，然後是在愛侶眉梢下唱哀傷民謠的情人，進而為在炮彈前也要爭取榮耀的兵士，搖身一變為滿口金句和當代述語的判官，退化為趿著拖鞋的龍鍾老叟，最後返老還童，粗壯的男音轉化為孩童的尖叫。兩位作家都把人生看成舞臺，人們入場出場，扮演多個角色，到頭來沒有牙齒沒有視覺沒有味覺，甚麼也沒有。根本納博科夫在《說吧，記憶》開宗明義就說；「……存在不過是兩個持久黑暗的一線光……」人各有志，納博科夫就靠蝴蝶提供的那線光。

原載《大頭菜文藝月刊》二〇一九年九月總第四十九期

走出地下室手記

作家紀念館通常講究門面，幾乎想要多建一塊石墩將自己墊得更高，吸引遊人注意，唯恐他們不得其門而入。杜思妥也夫斯基紀念館淡黃色的木門卻半陷在聖彼得堡市繁盛的古勒智利里弄，遠看連通往大門的石階也隱密不見，兩邊的石牆倒像沙發的扶手，遊人想要過訪，似乎需要按著扶手跳進地洞。我由是想起《地下室手記》，憤世嫉俗的地下人寓居地窖，憎恨全人類，只想幻化成一隻臭蟲，卻又強迫自己投入社交圈子，把自己推向更屈辱的境地，歇斯底里的自虐狂鑽入牛角尖，闖進無人敢於踐踏的地段，然而他深思熟慮的自我分析，又讓我們明白到受苦可能是通往人性的路。今日我們到臨杜思妥也夫斯基紀念館，有如落日西沉的大門令我們感受到杜氏的謙卑，拾級而下推門而進，是否可以重溫杜氏迂迴曲折的心路歷程？

售票處旁邊的蠟像不是紀念杜氏，而是曾經為他打掃門前雪的門警，倒反映了杜氏禮讓於人的性格。就是不明白為甚麼門警身上的圍裙是白色？襯著他右手執的圓筒型掃帚，只令人想到污染。帽下的圓臉容光煥發，似乎有點美化，根據杜氏第二夫人回憶錄，門警獨眼，頭髮像美杜莎的髮絲般張牙舞爪，是蝨子橫行的所在。門警不是杜氏小說的常客，又會出其不意像鬼魅般出現，因為沒有盡忠職守，縱容罪惡在寓所出入平安，依然是住客選擇訴苦的對象，耳聽八方，可以喚出每一個住客的名字，寓所裏每一件私隱又逃不過他的嘴巴，想要家醜不出外揚，唯有籌措掩口費，難怪棕色制服下的蠟像顯得肚滿腸肥。

寓所在三樓，走出地下室需要攀登蟠龍似的樓梯蜿蜒而上，讓我想起杜氏命途多舛，他的前半生本來風平浪靜，因為結交朋黨，閱讀被禁文書，突被官兵拘捕，判處槍斃，子彈橫飛的一剎那，沙皇改變主意，判處充軍西伯利亞，五分鐘的轉折，生命彷佛從有限到無限，應該怎樣善用「永恆的時光」，成為杜氏後半生不斷思索的課題。按響門鈴，迎接我們的是堆疊的牆紙，經久自角落剝脫，已經結疤的傷口又再披露，恍若杜氏半生憂患。他承受祖蔭，除了服兵役，不用工作，可以專心著述，只是不擅理財，又沉迷賭博，生活經常拮据，儘管作品口碑載道，可是要向出版社預支稿費，賣掉版權。幸虧第二夫人安娜是名副其實的賢內助，加上兄長米凱爾推波助瀾，成立了「為其他城鎮的市民買賣書籍社」，自資出書。寓所的進口處展覽一個儲物室，於是我們知道杜氏在哪裏存放著述。接待室的圓桌上，玻璃罩著一頂黑色的軟毯帽原是杜氏所有，彷彿向遊人脫帽說聲早安，不再憂鬱。

入門第一間房就是育兒室，似乎是杜氏的巧安排，外出歸家，首要任務就是確保兒女健康，也難怪他緊張，活在醫學不昌明的十九世紀，傷風咳嗽也會致命。杜氏再婚後育有四兒女，長女索菲亞臨盤的一刻，杜氏腦癇症發作，未能及時請來接生婦，三個月後女嬰夭折。其後兒子阿遼沙又死於腦癇症。父愛曚上自咎的色彩，接近病態。在《卡拉馬佐夫兄弟們》可見一班，尾聲第三章，在伊留莎的殯葬，司涅基萊夫擁抱亡兒的屍體，愛憐地喚他生前的昵稱「小老頭」，不肯把伊留莎握過的白玫瑰交給妻子，還在墳地撒下麵包屑，好讓鴿子經常到訪，葬禮後又奔回墳地，回家後看到兒子遺留的靴子，一再痛哭流涕，看得人心酸。杜氏一家遷往古勒智利里弄，就是要逃避喪兒的傷心地。死者已矣，杜氏對生者特別珍惜，小心培育兩兒女，為他們誦讀俄國與歐洲大文豪的作品，普希金、果戈里、狄更斯、席勒、雨果、荷夫曼恆常是空氣中的訪客。幼時杜氏讀過《新舊約的一百零四個故事》，就用來做子女的聖經教材。杜氏喜愛兒童，固然因為部份來自他的血肉，也欣賞兒童天使般的性情，《白痴》裏被眾人揶揄利用的王子，就懷有孩提般的本性。

過了育兒室就是安娜．格利戈里耶夫娜的辦公室，一板之隔，無非讓母親與兒女有個好照應。入室就是一張大寫字桌，賬簿與筆擱在上面各就各位，反映安娜長袖善舞。杜氏去世後，安娜也曾伏案著述，追憶與杜氏的美滿年華。杜氏在生，她便全心全意侍候，兩人本是賓主關係，杜氏原來雇用安娜作抄寫員，想是為她對工作的熱忱動了真情，礙於年齡巨大差距，又不敢吐真言，轉彎抹角用小說的橋段作情探，試出安娜的真心，無驚無險高居第二夫人。杜氏的前妻瑪莉亞德米特里耶芙娜性格反覆無常，常被杜氏用來做研究對象，觀察入微帶出角色的深度。情婦波林娜．蘇絲露花更是《白痴》女主角納斯塔西亞．菲利普波夫娜的藍本。杜氏卻從來沒有在小說裏打安娜的主意，「像個極大極大，站在高處的石像」。安娜樂得清靜，專心當他的秘書兼財政部長，兩人有固定的工作程序：杜氏的小說長篇累牘，大部頭細分為多個章節，先一晚已在腦中打好下一回的腹稿，次日下午向安娜口述，讓她筆錄，一覺醒來，安娜已經把文稿整理好，經杜氏修改潤飾，安娜再謄正一次，就可以送到報章連載。回到現實，杜氏只擅長揮霍豪賭，兄長米凱爾去世後，更堅持負擔他的債務，倍令家庭陷入絕境。安娜執掌財權，建議杜氏用自己的賭性作題材，兩人合作，在二十六天裏完成《賭徒》，只得五十六頁的中篇小說，倒幫忙杜氏驅除潛伏在心中的賭魔。

大部份作家有意借文字遁跡空門，總有煩惱事掀扯後腿。與安娜建立第二個家庭，或多或少是杜氏的負累。不說別的，作家需要寧靜時刻，屋裏終日有孩童走動，可以做成困擾。杜氏又喜愛在小說裏發表生命觀，一發不可收拾，吵鬧就像抽刀折斷他的文路。聽說杜氏常在深宵工作，到早上五、六時才上牀就寢，想是更深家人靜，方便他編織哲思。飯廳倒是他與家人言和的地點，晚上六時，一家四口圍坐在長桌，一邊用膳一邊聽兒女說傻話。旁邊一個五斗櫃，擺放帶木塞的玻璃瓶、盛水果的碟、刻有杜氏姓名縮寫的銀匙、喚家僕的銀鈴，處處召來天倫的樂趣，如果觀眾還未會意，牆上懸掛一幅《最後的晚餐》算是點題。把每餐飯當作最後，相聚時就更為盡興。畫幅不是出自達文西手筆，杜氏購畫也不講究名氣，只靠眼緣。飯廳裏另外兩幅畫的畫師也不見經傳，只知道師承意大利雅格布巴薩諾的簡約田園畫派。倒留意到飯廳角落一個銀色的俄國式茶炊，金屬打造，用來煮水保暖，杜氏愛喝濃茶，而且喜歡親自烹調，夜裏文思遇阻，或是感覺困倦，躡手躡腳從書房出來沖一杯茶，又找回元氣。

最熱鬧是客廳，儘管沙發和橢圓形木桌都是仿製品，已足夠我們想像杜氏生前接待客人的情景。牆上懸掛一幅《花園裏的苦痛》，鏤述基督受難前夕在後花園與天父討價還價的心路歷程，正好反映杜氏對宗教反覆思量。杜氏原來是俄國的孟嘗君，來者不拒，雖則能力有限，依然嘗試解決人客的諸般難題，又好朗誦自己作品，經常把客廳裝扮成文藝沙龍。小說裏有很多眾口喧譁的場面，比較俄國的無神論與基督教、梵蒂岡的天主教、純良與罪愆、死刑、腦癇症、永生不朽……。相信都是從生活裏就地取材。《白痴》裏的人物彷彿突如其來被電光照明，散發超自然的光彩，就被政治評論家阿波羅邁科夫極力推崇。哲學家兼詩人弗拉基米爾・索洛維約夫更觸發杜氏在《卡拉馬佐夫兄弟們》的哲思。杜氏最崇拜的人物卻是普希金，客廳就供奉普希金的袖珍搪瓷肖像，儘管在歷史荒原上兩人是錯過了，杜氏對普希金的作品推崇備至。橢圓形木桌悄悄擺放一個菸草盒，可說是杜氏的罪與罰，杜氏患有肺氣腫，本來不宜吸菸，然而深夜寫作，他不自覺又一根接一根地吸食。菸草盒背面有他女兒的字跡：「一八八一年一月二十八日，今天爸爸死了。」簡單直接中寄託無限傷痛，菸草是罪魁，更狠狠記著這個被迫與親人永遠訣別的日子。

書房可說是杜氏心之所歸，一日裏蒐集人性種種，總需要一個分類整理的地方，紀念館裏的書房也不是原裝，根據照片重新構想。書桌上的筆是揮發文思的工具，紙箱旁邊一個錢包，是否暗示杜氏為一元數角折腰？他卻是一個不肯出賣靈性的人。藥包提醒我們，儘管杜氏在精神方面趨向完美，他依然是一個抱病的人。體力不支，背後倒有一張沙發牀，供他隨時憩息。書桌旁一個袖珍聖像，顯示杜氏對東正教死心塌地。他最心儀卻是拉斐爾的《西斯廷聖母》，長久向親友吐露心頭所愛，一個壽辰終於包裝成他的生日禮物，現時還懸掛在沙發牀對上的牆壁，不是原裝正版，揚手歡迎聖母下凡的教宗西斯篤一世，不敢逼視救世主的聖芭芭拉都被刪去，當然也沒有底下兩個昂首托腮的小天使，畫框所見，聖母的裙裾經風喚起，鼓脹得像一條船，她腦後的披風也揚起像帆，聖母抱著聖嬰，飄浮在人海間。雖然只是名畫的剪影，已經足夠杜氏久久仰臉沉思，如夢如幻。接近窗口，一張小桌擺放座鐘，長針短針指著杜氏斷氣的一刻，抱怨時間又奪走塵世一位挖掘人心的作家。

杜氏走出地下室，並沒有貪戀繁華，事實上他大半生顛沛流離，從沒有在一個固定的地方住滿四年，此志不渝還是追隨他的傢私，總是純樸古雅，彷彿堅持苦行僧的生活，不讓自己舒適而至浮誇。書房就是他思想的沙場，除了極親密的戰友，不許旁人騷擾，也不喜歡家人進來收拾，凌亂裏自有安排。在古勒智利里弄黯淡的油燈下，生命最後的光芒取名〈有關普希金的演說〉，與及歿後發佈在《作家日誌》的文稿。《卡拉馬佐夫兄弟們》更是扛鼎作品，據說只是他構想的巨著的第一部，要是他不吸菸……

原載《虛詞．無形》文學網站二〇一九年九月二十六日

看西西的新房子

今次和西西玩的不是跳飛機的遊戲，而是捉迷藏。聽說最近西西把喬治亞房子捐贈給香港中文大學圖書館作永久藏品，孜孜前去參觀，圖書館樓下左邊的展覽廳卻不見築跡，接待員也不知道，只在此館中，縱深不知處，圖書館只容許學生與教職人員出入，幸虧接待員網開一面，讓我們擅闖禁區，攀上樓梯穿堂入室，終於在二樓右邊的香港文學展藏區捉到迷失的藏品。我們對喬治亞房子並不陌生，《我的喬治亞》封面封底不是盡顯風華嗎？卻是半開放式，部份廳房緊閉，圖書館的喬治亞房子卻是張臂歡迎，請看請看。然而，喬治亞房子座落的地毯，為甚麼是星光熠熠的猩紅，不是鳥語花香的草綠？

養喬治亞房子是奢侈的玩意，尤其在寸金尺土的環境，野心更不容易舒伸，西西就要削去喬治亞房子的屋頂及底座，勉強嵌進自己的住家。四房一廳的設計，我特別鍾情樓下右邊的音樂沙龍，古鍵琴旁邊一個音樂家石膏像，會不會是韓德爾？他的《皇家煙花》和《水上音樂》已經發放音樂的華麗貴氣，《哈里路亞》更贏得英皇喬治四世起立鼓掌，西西還告訴我們，他把繁複的音符簡化為阿拉伯數目字，方便普羅大眾閱讀琴譜，不止在音樂史，在喬治亞房子也應該佔一席位。音樂沙龍一張椅上放一支單簧管，左邊沙發的扶手擱一把小提琴，閒時邀請二三知已到來合奏樂曲，過後煮酒論詩文，真是生活裏的情趣。旅遊時我喜歡探訪名家的故居紀念館，他們多有一個文化沙龍式的客廳招待好友，史特林堡就經常借音樂會呼朋喚友，放下樂器隨即高舉酒瓶，幾杯入口與客人爭辯得面紅耳赤，為其後報章上的筆戰熱身。杜斯妥也夫斯基沒有音樂助興，倒經常在家裏的客廳朗讀自己新寫就的文章，文藝沙龍有如他小說的排練室。小房間令我想起大房間，不禁發出會心微笑。在《我的喬治亞》裏，西西暢談十八世紀英國的繪畫、文學、音樂，畫廊似乎屬於維多利亞時代，西西依然用肖像畫點綴房間梯間的牆壁，約翰生和笛福等名家的著作，相信都濃縮成袖珍本放到閣樓的書架，唯是音樂沙龍一目了然。未曾翻查娃娃屋的歷史，相信音樂沙龍還是異數，是西西的匠心獨運。就像文人總是不經意把喜愛的物事都寫進文章裏，娛己之外，也希望讀者共鳴。

希臘神殿與意大利柏拉底奧的房屋形式演變為喬治亞房子，講究均勻對稱，耳畔響起巴哈的賦格曲。房子敞開，左邊的窗子掛有花邊布簾，窗檯上擺滿小小陶瓷，右邊的窗子立刻回應。當時的傢私小巧精緻，房間堆疊多張小圓桌小方桌，都有能屈能伸的鉸鏈臺面，客人多的時候打開來擺放下午茶具，人少時摺起來玩紙牌遊戲。別人的娃娃屋只注重正面，西西卻在後面做了手腳，團團轉到房子的背脊，一張說明書像出世紙，指出這款傢私喚作安妮女王式，另一張追溯喬治亞房子的起源，幾乎像譜系圖，把與這風格有關的皇親國戚都連成一線，從公元前四百年的希臘排列到一八〇〇年美國的聯邦風格，世界大同。最令我感動還是西西的一絲不苟，狗腿式樓梯的中間平臺本來不顯眼，幾乎要俯頭湊臉過去才看得清楚，就算漏空，旁人也不在意，西西依然精心擺放小花瓶，反映到她的寫作態度，構思《我的喬治亞》，她先草擬寫作計劃，定妥章節編排，每章附有題目，成書後，題目刪去，依然用編號分門別類，圖書館裏喬治亞房子對面的陳列櫃就附有她書寫的文稿複印本，有心人可以帶書來，對照她的改動。薩耶哲雷說：「必須抓住基本東西一個非常小的細節，才能顯露更大的物事。」不是與西西的見微知著心意相通嗎？

一盞煤氣燈突然加插在喬治亞房子的閣樓，在蠟燭照明的年代，彷彿生不逢時的皇帝，面臨傾覆的厄運。喬治亞娃娃屋應該忠於原著嗎？西西提出疑問，並沒有立刻解答，其後的一章，她說起喬治皇朝的大戶人家喜歡豢養黑童，喬治亞房子少見黑童出現，已經與事實不符。另外一個環節，她引出當時的風俗，沒有賓客到訪，屋主通常會用白布覆蓋傢私，再把客廳的門鎖上，若果真要反映現實，娃娃屋展覽的只好是一片布海了。轉嫁到寫作態度，西西天馬行空，她孜孜引經據典追溯英國十八世紀的文化歷史，喬治亞房子一家四口又會突然開口說話，其他角色也出入自如，興之所至，孩童的角色又會在二十一世紀西西的家復活，和她一起看電視。《我的喬治亞》本來是報告文學的格局，突然又會闖蕩到魔幻小說的領域，西西安然坐在飛毯上，像候鳥般在耳目書翱翔。

生命裏總充滿欠缺與遺憾，正當西西的〈像我這樣的一個女子〉受到臺灣文壇賞識，著作一本又一本出版，醫生猝然宣佈她患有癌症，手術過後引起後遺，右手逐漸失靈，《我的喬治亞》其實是西西左手的繆思，其後的《縫熊志》是樂觀的續篇，西西用雙手玩自己喜愛的遊戲，再用左手寫成文章，無論心理或是生理，西西試圖用文學作物理治療。

原載《字花》二〇一九年七月至八月總第八十期

作家藏品一覽──看《恍惚的，遙遠的，隨即又散了》展

牛的身體不是很強悍嗎？終年馱著泥犁在田間操作，就像把一個個貨箱從車運到倉的苦力，練達一身結實的肌肉，腳步沉重闊大。怎麼疲乏地把下巴擱到地面，靜靜擦著頭，沉默地聆聽，身軀便變得柔軟如蛇，帶點彎曲？背脊和尾巴還開了洞孔，彷彿給獵人在身上射了七發子彈，依然活過來。身體本來用泥土造，卻帶有苔綠，有洞的地方呈黃色，卻原來這是一隻會唱歌的牛，往尾巴吹奏，發出鳥的鳴叫，輕輕的害羞的聲音，哞哞變成吱吱，一切都被允許。吳煦斌藏有這支印第安笛子，放在木刻的圓盒子裏也蓋不牢，經常不按洞便吹奏，尾巴裂開，清脆的聲音變得沙啞，不要緊，經年累月，就讓牛唱出生命的荒涼。

既然牛會張嘴像小鳥般歌唱，馬好應該振翅像老鷹般高飛。然而吳煦斌在西安買的一匹陶馬，四腳黏著基座，不只插翅難飛，甚至不能跑動。經過歲月的塵埃，馬

的顏色曖昧不清，青灰中帶點粉紅，燈光下透明得幾乎可以看到皮下的骨骼。頭向右，有別於唐三彩的馬，頭多向左，養在博物館，色彩依然鮮黃嫩綠。陶馬也背著馬鞍，卻沒有尾巴，原來尾巴要再付錢去買，大小可能又與馬不匹配，索性不買。在場館外的地攤，吳煦斌與小販交易，無疑民間製成的飾物和紀念品比較樸素，可是小市民日日在風塵中打滾，學會了市井的狡猾，失去了原來的純樸。吳煦斌說：「殘缺的事物亦有它們的端莊。」對民間又充滿體諒。

另外還有一塊銅錢樣的雕飾，圓圈內圍著一條龍，似乎不想讓牠飛高，龍被禁錮在圓圈內，只好戲玩一顆綠珠。吳煦斌未指出，倒不覺得牠沒有頭，堅持要飛，隨處亂撞，傷了自己，也殘害周遭的事物。雕飾原來是塊石磚，猜是用來做牆的裝飾，從牆剝落，依然沾染一點泥土，吳煦斌買了兩塊回家後，才發覺不對勁，還未掏出來把玩，已經碎了，即管把破爛放在花盤裏，起初還看到龍爪，日久也消失掉，想是粗製濫造，小販是要混水摸魚，又是人格的缺失。吳煦斌並沒有覺得自己遇上騙子，把另一塊放在書架和陶馬為伴，心中一片泰然。

祭祀的頭飾珠光寶氣，已經有一定的重量，再插上頂端一根長長的笛子，更像百上加斤，壓在頭飾下的臉孔雙眼朝天眉頭緊皺，似乎不勝負荷。咦！祂不是有神力嗎？可以化解負擔於無形？轉念一想，宗教的一個旨意不是承擔嗎？忍辱負重，六個孔的直笛加一根橫枝，不就是天主教基督教的十字架？佛家的人神界限比較模糊，也有小乘大乘的境界。吳煦斌在蒂彎拿人類博物館買來這管笛子，留心可以聽到神的腳步聲，神來自印加，掌握日月星辰和宇宙的運行，印加的宇宙八百年運行一週，人間千年，天上方一日，比王朝還長，難怪神有點難耐，不如拔來頭上的笛子吹奏，打發數之不盡的歲月。

小鎮蒂彎拿在墨西哥邊境，龍蛇混雜，卻也是一個神話國度，吳煦斌在那裏吃到要用手指拔的香蕉餅，買到一個像燈的三角形，眨眼間還以為這是一隻戴著高帽的獸，被歲月射得滿臉傷痕，後腿依然反屈，脫帽致敬。卻原來那是一個遠古阿茲特克男子的雕像，男子的頭昂起，帽連接腿，果然像一個三角形。然而，他為甚麼要用後腿脫帽呢？是否在表演雜技？阿茲特克族人的確有很多歌和詩的藝術節，詩就叫歌之花，屈腿脫帽，也算詩和歌的姿勢吧？阿茲特克藝人穿過這許多模糊的世代探訪吳煦斌，她又保存下來讓我們見證，是要肯定一點失傳的藝術。說起來，在墨西哥的神話中，主神威齊洛波契特里帶領阿茲特克人尋找一隻站在仙人掌上啄食一條蛇的鷹，這個難度高的姿勢，今天就成為墨西哥國徽上的圖案，似乎建國也需要一點神話呢！

盤子不深，可以用來盛載水果，我們可以看到一個壯漢的臉，頭髮像山，眼睛和鼻梁連接如樹鬍子像河流，鼻孔像兩顆鈕釦，雖然板著臉，倒有點滑稽。卻是一隻碟子，放在吳煦斌家的書桌上，碟子的臉孔讓她想起畢加索，不是形似，而是他畫裏帶著童稚的線條，尤其是他畫過的海膽，其實他畫過海膽三次，說是生命的喜悅。吳煦斌提到三幅，先說第二幅，海膽與魚和檸檬共泳，藍色的海鰻穿過三枚棕色的海膽，串起海膽如檸檬。第三幅貓頭鷹坐在椅上，手捧一碟海膽，倒像嘴饞的猴子。最有趣還是第一幅，男子舉高手越過頭把海膽放進嘴裏，令人想起碟底的男子，微張著嘴，輕柔地說：「可不可以給我吃一枚海膽？」

兩個木杯和一個木碗圍繞著一個泥塑的茶壺，杯碗加上一支木杓，都是深棕色，泥壺卻是米白色，登時鶴立雞群，杯碗有深淺不一的紋理，壺身卻隱隱現出一隻牛的輪廓，各有各風采。壺有嘴，半圓形的柄像撐腰的手，遠看就像一位導師，向杯和碗灌輸道理，杯和碗張著嘴，等待壺傳送茶香。嫻靜的人喜歡杯碗，就像沉默的大多數，它們或是沉重粗糙，卻給人堅實的感覺，撫在手中可能感到掌心微微刺痛，但是伸手可及，像身畔的朋友。

獵人帶來「一個盛鹿牙的杯子、一隻木杓、一條人頭形狀的九芎樹根和一個刻著蛇的盒子」，小說裏的父親便讓他留下來。早三年前，吳煦斌把屋子外牆的密茂枝葉和藤蔓比作綠色的狹長的疤痕，她的文字已在我心中留下來。寫物事的還有「木碗和匙、瓦盤、竹碟和木杓……木造的竹瓦造的，石和藤蔓造的。」輕柔婉約的文字，物事都有人的呼吸。也有雄赳赳的如詩的語句，寫白至土地、紅蟻、紅樹、黑土、藏青色的塵埃、白鳥、黃樹叢……可以說未看吳煦斌的小說，我的世界是黑白的，就算顏色也是單一，紅是紅，綠是綠，她讓我認識到「菜紫色、砂赭色、煙藍色、悶黃色、麻紅色」。吳煦斌寫詩，更引領我進另一種旅程：

踏著船錨
進入藍煙的房間
看黃燈外鰵綠的夜空

坦白說，有時我未能準確把握吳煦斌的意象，只令我回味更多。吳煦斌到聖地牙哥讀生態學是後來的事，七十年代她寫小說與詩，已經細心觀察大自然。最近到香港文學生活館參觀她的小小展覽，是畢加索的碟子躲在玻璃下，牛笛、陶馬、石磚、神笛、阿茲特克藝人的雕像收進相簿裏，還有木杯和木碗圍著泥壺交談，伴著她的說明文字，看著讀著，我隱隱感受到一位大地之母的胸懷，恍惚的，遙遠的，不散。

原載《別字》網誌試刊號第二期

幽靈國度

生活習慣真是揮之不去的煙癮，到時候不擦亮打火機，總覺還有一樁心事未曾了結。互聯網的年代，上網癖取締煙癮，任是與陌生人的電腦只是一面之緣，也禁不住技癢。同事遠赴印度旅游，坻步第一夜，發現寄住的一家有互聯網，心無旁騖只想向親友發電郵，把剛拍的照片下載到網上相薄，她帶點自嘲地寫：「這裏也許沒有提供太多消遣，卻有最新的電子科技。」然而無線接駁時斷時續，她也不知道寫下的有多少得以保留，多虧互聯網的普遍，觸發她千里來鴻，印度是一個我做夢也沒想過涉足的國度，感謝她免費客串導遊，我倒不介意從她水蛇般蜿蜒的文句間領略一點幽靈國度的風情。

同事說的這裏，指的是旁遮普地區，在印度西南，把版圖完全歸納印度，其實帶點誤導，一九四七年印度獨立，巴基斯坦與它分家，印度其實只佔旁遮普州的一部份，另外是昌第加、哈里亞納和喜馬皆爾拍德殊。同事來到旁遮普，印象最深刻是建築地盤，幾乎五步一樓十步一閣，然而金融海嘯畢竟留下齒印，雨後高樓大廈再不能像春筍般滋生，很多工程已經慢了下來。天氣熱，氣溫徘徊在攝氏二十多度至三十多度之間，撞口撞面盡是風，幾乎要把地盤的塵沙都吹進遊人的毛孔裏。

地盤兩字躍登同事的電訊，帶來路易馬盧《加爾各答》的懷念，影片裏運磚的婦女，泰山壓頂般把八塊磚頭平衡在天靈蓋，卻不是學習在天橋高視闊步，磚頭代表生活的壓逼，她們要像耍雜技般在二十五層高的地盤上落自如。婦女多是比哈省的農民，就算豔壓群芳，來到大城市，也只能加入磚壓群芳的行列，與搬運工人和手車伕沆瀣一氣，組成最廉價的勞工，每月的工資不超過七十五盧比。人們一貧如洗，慶祝節慶，卻又揮金如土。其中之一是薩拉斯瓦蒂節，尊崇辯才女神薩拉斯瓦蒂，梵天之妻，學生的守護神。節慶之前，工匠打磨出一個個粉雕玉琢的瓷像，配上華麗的衣飾，高價出售，人們都甘之如飴，買來供奉在家一星期，節慶之夜，抬到街上巡遊，破曉時分，擯到河邊，像洗浴般把神像傾進水裏，群眾每多加爾各答大學的學生，平日憂柴憂米，節日卻嘻嘻哈哈享受剎那的歡愉。馬盧指出很多學生都不務正業，他自然沒有貶斥的意思，畢竟人各有志，興之所至，學生還會追隨一位大師學藝十年，說不出的快活。提到逍遙自在，倒不能漏掉人們尊稱為聖人的一群，他們向朝九晚五的營生吻別，從此束著橙頭巾，身披橙布衣，終日在街上煙視媚行，全靠救濟金過活，頸上一串項鏈就是全部的財富，名副其實是無業遊民，據說他們頗受人敬畏，不知是因為他們忘我克己，抑或其他原因。印度人睥睨塵世的逸樂，在蚊形火葬場又見一班，他們百無禁忌，人死後屍體就橫陳在街頭，也不用焚化爐遮掩，就地正決，裝扮過後，最重要是確保推起的柴枝覆蓋全身，一把火放過後，燒個全屍，好等靈魂完全出竅，投胎轉世的一刻覓得好歸宿，你看，印度人原來可以這樣浪漫。

路易馬盧用現實與浪漫交疊的淒美影像，在奈保爾的《印度三部曲》也有跡可尋。場景轉移到孟買，人潮與雜音依然譜出和音不協調的大都會交響樂，車輛排氣管噴出的炭灰同樣加深空氣的滯悶，奈保爾的文字是可大可小的變焦距攝影機，一忽兒聚焦到混凝土建築，讓我們看到濕熱的氣候在上面幾層留下的霉菌，不講究公德的住客在下面幾層留下的污垢。但是若要指責孟買的高樓大廈醜態畢露，不妨留意擠在混凝土建築之間的臨時屋棚，新移民用破布覆蓋棚架，就是棲身之所。如果要靠當時得令的寶萊塢電影當旅遊指南，肯定摸錯門路，印度人是魔術師，可以把潑出街外的污水提煉成楊枝甘露。兜兜轉轉，孟買的建築倒引領我們穿過歷史的迴廊，奈保爾到市政廳參觀，闊大的樓梯有打蠟的木做扶手參扶，下面配有金屬雕飾，灰色的大理石上，像宮女打扇般撐起挺拔奇偉的拱門，完全是維多利亞時代歌德建築的格局，還未提到外面鋪石板的空曠場地哩，教遊人記取英屬印度的殖民地時期。當然，若要追溯更久遠的印度歷史，就要從子民的信仰起步。

奈保爾出生於特里尼達，一九六二年開始，幾度以十九世紀出國的印度契約勞工後代的身分訪問印度，發覺印度人的精神面貌經歷京劇的變臉，二十世紀六十年代，印度人對自身的貧窮不以為然，有些人甚至把它當作晉身極樂世界的通行證，人手一冊自得其樂，到了九十年代，寄情於極樂的依然不在少數，更多人體會到極樂世界只是海市蜃樓，寧願照顧眼前的塵世美，心靈成了自我鬥爭的戰場。奈保爾認識一位年輕的證券經紀，在股市景氣的年份頗有收穫，然而他自幼受耆那教薰陶，每日祈禱吃素保持心靈潔淨，商界好勇鬥狠，自然與他的教養背道而馳，何況當時政治趨向犯罪化，企業每多營私舞弊，更是不宜久居的藏垢之所，但他在證券界一帆風順，急流勇退實在心有不甘，每日在魚與熊掌之間自怨自艾。

都說英雄所見略同，《印度三部曲》裏一位大人物講述自己籌備慶祝象神歡喜天的盛典，與《加爾各答》裏歡渡薩拉斯瓦蒂節的窮學生遙遙呼應。是個濕婆軍的地方領袖，每逢象神節，重金向工匠收購新神像，回家供奉一天半，節慶結束，沉到離家不遠的湖底。還嫌不夠隆重，他母親有一個心願，想僱一支樂隊把新神像請回家，最近因為兩個兒子都得到優差，終於得償所願。領袖平生與象神也有幾度淵源，他年幼時荒廢學業，上課的時間都在板球室渡過，直至學校頒下退學令，才知道天高地厚，他默默向象神禱告，如果學校改變初衷，會到巴里的象神廟朝聖，學校果然讓他復課；另一次他母親病入膏肓，他再到神廟奉獻花環椰子，回家時母親已經不藥而癒。奈保爾遇見的人物代表一個謙卑的民族，偶然生活如意已經歡天喜地，淺嚐到榮耀已經心懷感激，不會因為肉眼看不到某些物事便拒絕接收，用許願還願的風俗，為土地塗抹一點神聖。

二十世紀六十年代精神至上的情操，傳到廿一世紀初，變成咬牙切齒的怨憤，以前拜神的善男信女改奉拜金主義，也難怪他們離經叛道，貧窮像瘟疫般蔓延整個國度，永無了期，挨餓到了一個程度，也會忍無可忍。同事到旁遮普地區旅遊，嘱目都是無家可歸的街童，印度本來有一個習俗：俯身摸腳表示尊敬，受禮人需要慷慨解囊傳達感激。同事動了善心打賞撫腳的街童，不止揮之不去，還當了招蜂引蝶的蜜糖。小乞丐又不乏身有殘肢，居然施盡渾身解數，把斷手斷腳當傳家寶般示眾，務求搾取遊人一點同情之淚，共襄善舉。孩童既然被生活磨得刁鑽，成人更是變本加厲。同事從佛寺出來，撲面盡是兜售小玩意的賣手，同事揹著走得疲倦的小女兒，無暇揮手搖頭，賣手追隨她們穿街過巷，眼看生意做不成，索性孤注一擲，把小玩意拋到同事背部與女兒身體間的空隙，活用生意人無孔不入的技倆。

乞丐小販只是臉上修整不去的痔瘍，倒不能忽略經過面部拉皮手術的新市容，城市本身只能用一個「嘩」字形容，新鮮出爐的高樓大廈，經過地盤工人搓捏，充滿創意。有一家商場存心要在《健力士大全》爭一席位，聽說加拿大愛民頓商場的面積在世界佔首席，建築商就刻意把商場設計成迷宮，請來大商戶助陣，所有名牌新產品，都可以在這裏一網打盡，務求遊人嘆為觀止，任意揮霍。遊人可得提防踏出購物天堂，失足掉進人間地獄，奈保爾筆下的臨時屋棚，經過同事七情上面渲染，更覺繪影繪聲，搭在屋棚上的破布，不是用來遮掩，根本就是新移民隨身的衣物，棚架身兼二職，擔任晾衣和貯物的任務，臨時屋棚與購物商場只是一街之隔，我沒有親歷其境，聽同事說，仍不免興起天淵之別的感嘆。

我追問同事揮金如土的節慶風俗，她好整以暇指出這是印度人的生活方式，她有一位兄長僑居美國加州，因為移民問題，妻兒依然留在印度，每逢華沙奇節慶，他都愛長途跋涉到另一個州的神廟參拜，重金禮聘古嚕祈福，渴望一家早日團聚。他妻兒在印度的生活並不見得充裕，倘若把祈福的捐獻折成郵匯，大可以改善他們的生涯，這兄長卻堅持把簽寫付諸燈油火蠟，寧願把心懷寄託在餘香裊繞，我想起我國人習慣在過年過節把金銀衣紙燒成灰燼，求的也是心安。

十多天在旁遮普地區三座名城走馬燈般轉，同事記得參觀過寺院博物館，名字卻如流星般稍縱即逝，依稀卻記起一個風和日麗的清晨，一家人寄居在窮鄉僻壤，友人心血來潮，教同事的女兒駕駛拖拉機，這小妮子只得八歲，本來未到法定年齡，然而人在鄉野，執法者鞭長莫及，可以為所欲為。同事遠遠看著女兒駕著拖拉機在金黃色的禾穗間穿梭，時光彷彿推前十多年，在車上揮手的女兒已經長大成人，她了無牽掛，索性坐到樹蔭下編織白日夢，編得比日月更長。

原載《大拇指臉書》二〇一五年四月七日

黎明前拼貼島崎藤村

初戀通常不得善終，提起這兩字，無論名家傑作還是譜寫新篇，都與西諺一句「在傷口上灑鹽」互相呼應，心靈頓時發出徹骨的疼痛，隨即湧起淒楚的幸福感。芸芸眾生，暗自慶幸給挑選出來當愁苦的代言人，少年寫詩不也是這樣的一回事嗎？在藤村紀念館的門前長廊，拜讀島崎藤村寫初戀詩的兩個版本，佐藤春夫狂放的書法對比孅巧的蠅頭小字，都貼到米黃色的屏風上，像字母電報信號的日文我看不懂，依然聯想到歌德的維特和屠格涅夫的符拉基米爾．彼德羅维奇，耳際的流水聲和鳥鳴都帶有詩的節奏。翻出中文說明書，讀到收錄於隨想集《等待春天》的「太陽的話」的翻譯：

每個人都可以當太陽，如今最重要的是高高掛起自己心中的太陽，不再去追逐眼前的太陽。

對少年春樹（藤村原名）的煩惱更加充滿惻隱之心，今年紀念館慶祝開張七十週年，也是《落葉集》發行一百二十週年紀念，特別為島崎藤村的詩作舉辦專題展覽，我在第二文庫的企劃展示室看到，幾乎想吹簫助興。

杜比立體聲的始創人雷杜比有幾句名言：「想當發明家，要隨時準備與不肯定的心情共同進退，在黑暗中工作、摸索、尋找答案，甚至克服焦慮，有時候答案並不存在。」寫詩把傳統的文字結構拆解，重新組合可能產生一頭怪獸，不是很像發明嗎？企劃展有一幀島崎藤村的照片，拍攝於《若菜集》出版前夕，恕我敏感，金絲眼鏡下的眼睛隱約反映他患得患失的心情，倘若果真若此，他算是過慮了，第一個陳列櫃展覽《若菜集》的封面，黑地飛起一隻白蝴蝶，有份創立的日本新詩體令他的詩人聲譽從此翱翔。旁邊擺放一張他在仙臺市東北學院任教時拍的照片，看來他左手執教鞭，詩的繆斯就臨幸他的右手。身為詩人，島崎藤村也經歷過投稿期，第二個陳列櫃告訴我們，一些少作比如〈初戀〉、〈草枕〉、〈潮音〉都先在《文學界》

雜誌發表，有五本《文學界》的封面為憑。兩本厚重的合訂本，歡迎我們過渡到第三個陳列櫃——島崎藤村的豐收期。《一葉舟》、《夏草》、《落梅集》陸續出版，更有《藤村詩集》和《早春》的多個版本，島崎藤村已被公認為新明治時期的一位重要詩人，運句與主題選擇帶點歐陸風格，形式自由，又與傳統的用語和感性水乳交融。如果寫詩就是實驗，第四個陳列櫃就是美麗的回顧，計有《若菜集》的復刻版，〈初戀〉也重新收錄在另一本詩集，渭然慨嘆秋涼的時候，掉頭嘲弄賦新詞的歲月，並不牽強，反為感受到青春的躍動。一本本詩集鎖在玻璃櫃裏，我們始終覺得縛手縛腳，對上的牆壁展覽的照片和剪報，讓我們領略更多。寫詩的年代，島崎藤村經常下塌三浦屋，聲譽鵲起，仙臺成了詩迷的朝聖地，照片顯示旅館前擺放一塊石，刻著「日本近代詩發源地」的字樣，追認他是明治浪漫主義的一名先驅。另一張照片看到《若菜集》的蝴蝶飛舞在當時的藤村廣場。碑石何止一塊，日本東部發生大地震，肇事現場豎立一塊詩碑，銘刻〈荒濱的春的潮音〉，島崎藤村把向來積累在心中的悽迷冷清境界，推廣到災民失去家園的心靈創痛。

詩之外，島崎藤村又著意寫小說，一眼留意到他的《家》和《春》，倘若他一鼓作氣繼續寫作《秋》，倒可以和同時期我國的巴金比試高下。其實他第一部小說《破戒》，已經是日本文學現實主義的殿堂作品，卻是晚年的《黎明前》奠定他的文學地位。展覽廳的正中擺放的陳列櫃，展覽的就是《黎明前》的資料，從左邊數起，就有小說本的第一部，再過去是付梓後的第一、二部。小說在文藝界享負盛名，引起傳媒界的注意，先後拍成電影和電視劇，陳列櫃順理成章展覽幾張男女主角的劇照，最矚目還是求雨一場，綁著頭巾身穿短打的男子漢圍成一團，重演傳統風俗，影片在馬龍宿實地拍攝，也讓我們感染到小說的地方色彩，小說受歡迎到一個程度，倒有被商賈打主意的危機，來到第三展覽櫃，篤眼篤鼻有一個木櫃，左右兩扇門刻著《黎明前》第一部、第二部的字樣。再下層樓，說明顯示《黎明前》榮獲「朝日文化賞」，當時島崎藤村已經六十四歲，對他在文學方面的建樹倒是一點肯定。到此為止，不熟悉日本文學的讀者比如我還是身處黑暗中，《黎明前》的日本究竟是怎樣風貌？島崎藤村怎樣燃點照明燈？藤村紀念館並沒有交待，再往回想，無疑入門的長廊昭示藤村年譜，並沒有突顯他的文學旅程和作品特色，藤村紀念館建在島崎家族的本陣，應該是當今的豪宅，經過祝融光顧，燒剩少年春樹的書齋，現時的建築由師谷口吉郎按照《黎明前》桝田屋的姿態設計。跪在苔痕的石階仰望，隱約只看到寫著四個大字的屏風，正如我們在紀念館想多知道一點《黎明前》的來龍去脈，一心求取日本文學的消息，到頭來踮起腳也捉摸不到小說的門檻。

藤村紀念館外猶有餘韻，不遠處一塊長尖石，紅中帶剝落斑痕，也凸顯島崎藤村的手跡，方正的字充當指點：「由此向北為木曾路」，我們這就追蹤前人的足跡，讓一帶一路牽引。打個照面是詩人松尾芭蕉的紀念碑，想起他的《竹林》：「客宿竹林中，棉弓彈出琵琶聲，感我寂寞情」，不禁脫帽致敬。沒有在茶屋休憩，匆匆越過落合到十國峠，在荒町看到島崎正樹的紀念牌匾，寫的是日文，得過且過，只顧景仰遠方綿延無盡的惠那山。蜿蜒從馬龍宿步行到妻籠，在南木曾町博物館二樓一隅，終於撲捉到一點《黎明前》的曙光，歷史資料戲稱《黎明前》為「木曾小說」。

木曾本來是五種杉木的發源地，江戶時代，多位幕府將軍利用杉木興建城堡，木曾險成禿僧，朝廷頒發一人一杉、一手一枝的法命，木曾總算保持青蔥，《黎明前》的主人翁青山漢佐可不是這樣想，認為木曾路山林的真正主人是當地的老百姓，找來發黃的文件證明，山林原本屬於公有，並且聘請狀師向朝廷據理力爭，朝廷不止懶得理會，還在一八八九年公布木曾路的山林是皇家財產，《黎明前》的時代背景從幕府過渡到明治維新，青山漢佐認為這是歷史的黑暗期，渴望天皇復位，正義得以伸張，島崎藤村把青山漢佐的鬥爭描繪得有聲有色，只因為模特兒就是他的父親島崎正樹。

博物館旁是林家大宅，因利乘便，亂打誤撞加入導賞團參觀。廳堂正中並沒有鋪蓋柚木地板，騰出一個小心量度的大洞，四方平正，堆疊著地方原有的砂石，方便點燃柴火，上面吊一個銅壺，一物兩用，既可以煮水泡茶，又充當火爐為屋裏的人取暖，一家之主背門盤膝坐在首席，屁股下是保暖的蓆墊，他的右邊，婦女按尊卑輩份排列，老祖母膝下也有暖墊，年輕一代，長年四季，只能跪坐在冷硬的地板上，炊煙隱現對面兒孫滿堂，膝下當然沒有暖墊，天花板的右上角開一個小窗，煙火無處逃避，凝結成長筒形的煙絲與漏落的陽光討價還價，恍似積壓在心底的怨氣，屋裏的板隔木本來是接近白的米黃色，經過煙熏，變成焦黑，怎樣洗刷也不乾淨，屋裏最重要的區域還是偏廳，曾經用來接待明治天皇，為了準備聖駕，特別訂購了一個圓肚形的水缸，腳下擺兩個輸送熱水的木桶，方便天皇沐浴，如果知道平民百姓，無論尊卑，一家大小只能坦蕩蕩在大水池洗浴，圓肚形水缸就是官窯燒製的陶瓷，天皇逗留半小時，沒有沐浴更衣，為他準備的水缸和御手洗，此後就成了家族的圖騰和禁忌，導遊輕描淡寫地把家規國法當笑話說，眼前的榻榻米化為紙糊的燈籠，只是沒有人膽敢彈破。如果這就是《黎明前》的時代背景，為甚麼島崎藤村急著辯護？

未看原著，引言提供蛛絲馬跡。島崎藤村也有困惑的時刻，妻子過世後，外甥女到來幫傭，與島崎藤村有肌膚之親導致懷孕，遭受家族的責備，島崎藤村暫避風頭移居到法國，還強辯父親也有相同的行徑，愈描愈黑。小說《新生》可說是他的懺悔錄，毫無保留地揭露自身的缺德。既然有勇氣正視自己尷尬猥瑣的一面，島崎藤村也開始反思家族在十九世紀日本悲苦和曖昧的地位。《黎明前》後，他意猶未盡，還有意續寫《東方之門》，可惜腦溢血事與願違。千絲萬縷，不如讓島崎藤村為自己剖白。趁軼事還未淪為蜚短流長，我翻開第一頁開始讀：「木曽路完全躺在山脈間……」

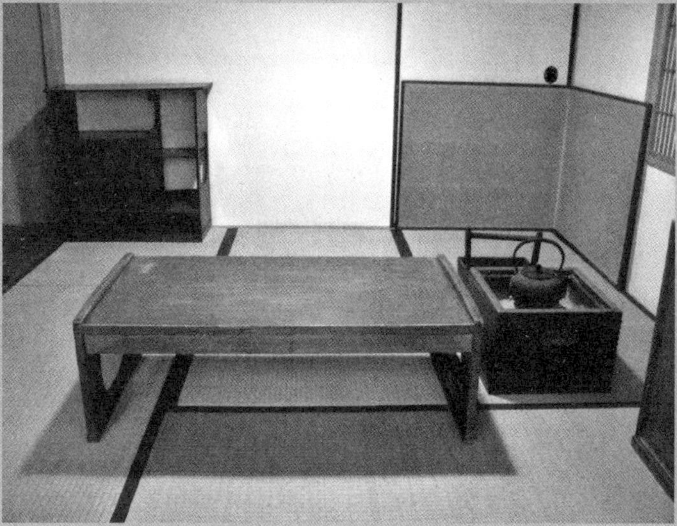

藤村記念館

字字每每站起來

一問一拍，西班牙記者哈維．艾賢（Xavi Ayén）與攝影師金．曼里沙（Kim Manresa）陸續訪問十二位諾貝爾文學獎得主，經年累月，完成了《叛逆的諾貝爾》。瑞典斯德哥爾摩諾貝爾獎博物館的《文學抗爭：諾貝爾文學桂冠的影像》，展覽的就是這本書的刪節版。讀與寫本來是孤燈映照下極私人的追求行動，明火烹飪的心靈雞湯，本來毫無殺傷力，平生多作虧心事的領袖卻認為筆桿子裏面出政權，杯弓蛇影之下，文本成了禁書，作家身繫文字獄。然而作家最拿手的還是文字，在這個展覽中，他們用不同的筆法質問與抗拒權威，希望帶來轉變，憑藉文字，他們要為自由表達開創一個空間，讓文學的力量震撼讀者，改變世界視野。個別作家來自不同社會背景，寫作行動也導致不同後果，有些甚至被迫流放，並不見得阻撓他們的心智，每每藉著文字站起來。

長久與說白為伍，尼日利亞劇作家渥雷．索因卡（Wole Soyinka）感嘆文字的軟弱無力，固然有時候可以用來矯正社會的弊端，然而一九六〇年尼日利亞脫離英國殖民政府宣佈獨立，暴君走馬上任有如坐音樂椅，把基本的民權視作草芥，文字再沒有足夠的說服力排遣索因卡對局勢的不滿，唯有挺身用公民的姿態請命。一旦站起來，作家渴欲的清靜環境便瓦解殆盡，愈來愈捲入政府漩渦，也要調整自己的寫作節奏，文字亦不再平心靜氣，變得激烈，只是人民在街頭任由當權者宰割，自己在家閉門做句只會顯得荒謬，為了應付目前，只好犧牲長遠。六十年代末期內戰爆發，索因卡呼籲和平解決方案，卻被指斥為擾亂敵對兩方，一片冰心換來監禁的懲罰，在獄中二十二個月的無為狀態，倒幫忙索因卡疏理複雜的思緒，諷刺的是，他又重獲寫作空間，有話要說，卻無工具，只有用紙屑兜接泉湧的詩句，信手拈來，甚至嵌入書頁的行與行之間，完成《獄中詩抄》。國際對他關注，向尼日利亞施加壓力，索因卡終獲釋放，出獄後可以暢所欲言，更把經歷寫成《此人已死：獄中手記》。戲劇與詩之外，索因卡的寫作興趣包攬小說與論文，不斷困惑他的主題是邪惡與善良的複雜性，既破壞又有建設，他嘗試把非洲的神話、民間故事和傳統糅合到西方的經典，即如瑞典學院的評語：「從廣博的文化視野與詩意的色彩塑造存在的戲劇。」一九八六年贏得諾貝爾文學獎後，索因卡繼續用幽默、雙關語和諷刺手法回顧祖國的偏執與蔓延全世界的暴政。

白種女作家每多愛作黑人的喉舌，娜定．葛蒂瑪（Nadine Gordimer）也義不容辭，出生於一九二三年的南非，見證黑人身陷不能擺脫的政治體制，無法選擇自己嚮往的生活方式，影響到他們的道德觀念和對真理的追求。一九七〇年代她用南非種族隔離為題材，寫就了《生態保護人》、《博格的女兒》和《七月的子民》，成為禁書，卻令她聲名大噪。葛蒂瑪成長於英語為主流的環境，面對的矛盾是用殖民主義者的語言闡釋殖民主義的蹂躪，這方面她感受到甘地的困境——用英文來攻訐英國的帝國主義，最終她認為只要好好掌握一種語言，文字可以打破種族藩籬，把自己釋放，暢所欲言。她身兼小說家與政治活動家，容易被人誤會她只心屬政治意識，為一種主義宣傳，要天下萬民服膺唯一的道理，然而統治者是太過慮了。葛蒂瑪清醒地體會到宣傳的極限是黑白分明，順我者是天使，逆我者是魔鬼，忽略了人本來就是矛盾與動機的渾然天成。葛蒂瑪認為作家的首要任務是嘗試理解生命，用真誠與持之以恆的態度探索事情的核心，用有限的天賦發掘一點點真相，如果世紀的意識只是政治，九十年代南非撤銷種族隔離，葛蒂瑪便無題材可以發揮，她依然關心尊卑對調後的社會狀態，倒承認後期的作品擺脫先前的抒情風格，既然自己可以把握敘事能力，可以直接指向事物的本質，詩意似乎只是一種裝飾。有趣的是，一九九一年葛蒂瑪榮獲諾貝爾文學獎，瑞典學院還是屬意她早期的詩情畫意，說她「……通過華麗的史詩式寫作，一如阿爾弗雷德．諾貝爾所說，令人類獲益匪淺。」

一九一五年阿美尼亞種族滅絕與一九三七年間土耳其軍殲滅八千庫爾少數民族原來是社交場合的禁忌。二〇〇五年，土耳其作家奧罕．帕慕克（Orhan Pamuk）接受報章訪問，客觀地提出史實，立刻遭受死亡恫嚇，需要暫避風頭離開土耳其。執政者認為他觸犯刑法第三〇一條款，詆毀土耳其人。帕慕克事件之後，當局修改這條款，需要先向司法部申請才可以進行迫害。帕慕克無意掀起政治風波，卻不是一名活躍的政治行動家，認為作家的首要任務還是寫優秀的小說，可以媲美普魯斯特、納博科夫和波赫士。二〇〇六年他榮獲諾貝爾文學獎後，更覺得責無旁貸。其他作家友人跑上街頭捍衛民主，他悄悄躲在家裏寫小說，戲謔地說一句：「藝術創作附帶一點不負責任。」就算處身一個政治與經濟都出毛病的國家，也不一定要寫廉價的報告文學。他深信文學的自主權，只要虔誠奉獻，文學會還給你整個世界。接受艾賢與曼麗莎訪問時，帕慕克又回到伊斯蘭堡住過五十年的樓房，人事翻新再翻新，風景依舊，就在這裏他完成第一部小說《傑夫代特和兒子們》，卻是糅合偵探、浪漫與哲學迷思的《我的名字叫紅》，奠定他在國際文壇的地位，這部小說的背景是十六世紀的土耳其，接著的《雪》又返回當今的祖國，探討伊斯蘭與擁護西方政治的衝突，他卻不打算用小說回答政治難題。瑞典學院認為他「尋找自己國家的憂傷靈魂，同時也發掘了文化衝突和相互聯繫的新象徵符號。」帕慕克似乎也同意，私底下承認自相矛盾，嚮往現代與古老傳說，拒絕偏袒一方，耿耿於懷的始終是人類的苦難。

日本作家大江健三郎的文字與痛苦緊密相連，接受訪問，他追憶童年時遇見的一尾魚，釣在魚鉤上不斷地掙扎，顯然是受了驚，卻不懂得呼救，細小的身軀默默地承受痛苦。長大後，大江健三郎決定用文字傳達魚不能言傳的痛楚。他自己也經歷過沉重的打擊，兒子出生時，後腦長了肉瘤，彷彿多生了一個腦袋變成負累，影響到發育不健全以致殘障。大江健三郎到江之島尋死，剎那間有如幼時見過不會尖叫的魚。從水裏冒出來，寫成小說《個人的體驗》，從自己的痛苦出發，牽連到周遭的社會以至整個世界。他亦關心民族的痛苦，第二次世界大戰盟軍投落原子彈在廣島逼令皇軍投降，大江健三郎著作《廣島札記》控訴原子彈的誕生，他也不偏袒自己人，戰爭結束，皇軍恐嚇沖繩島的居民，說盟軍到來時會進行姦淫擄掠，迫令居民集體自殺，他的《沖繩札記》就揭發日本皇軍暴行，小說《政治少年之死》更涉及日本社會黨的刺殺行動。幾部作品面世，大江健三郎不止被日本皇軍控訴，還遭遇帕慕克的噩運，受到死亡恫嚇。大江健三郎並沒有退縮，平生試圖用文字理解過去、戰爭與民主，他承認自己是個從邊緣出發的作家，也只有自那個角度，才看到核心的腐朽，他又養成每日創作的習慣，不斷創作等於一次又一次的活過來，幫助自己面對生命裏未曾經歷過的危機。他的努力並沒有白費，瑞典學院稱讚他「用詩的力量創造了一個富有想像力的世界，現實與神話凝聚，表達人類當今面對的困境。」一九九四年的諾貝爾文學獎是對他的慰勞。

直至五十三歲，葡萄牙小說家荷西．薩拉馬戈（José Saramago）是一位無話可說的知名作家，沒錯，二十四歲他已經出版了第一部長篇小說《罪惡的土地》，四十四歲又印行第一本詩集《可能的詩歌》，四十八歲還成了里斯本多份報章的專欄作家，然而他摸索不到自己的聲調，經常質問自己應該要寫甚麼，怎樣去寫。五十二歲他當上共產黨報章《新聞日記》副編輯，翌年因為國內的反共情緒被迫撤職，他反為可以專心寫作，五十八歲開始撰寫《從地上站起來》，一部新寫實小說，描寫受壓迫的農民為土地掙扎，起初他也茫無頭緒，寫到第二十三至二十四頁之間，突然找到自己的寫作風格，其後書評人批點他的小說沒有正規的標點符號，語體的過去式和現代式又混淆，這卻是農民的日常用語，薩拉馬戈就是嘗試要用文字模仿這種說話方式。薩拉馬戈並沒有受過傳統的文學鍛煉，母親是文盲，家裏沒有一本藏書，他在繪圖員、保險公司職員，焊機推銷員等多份工作流離浪蕩，閒時到公共圖書館進修，對農民語言特別感到親切。薩拉馬戈認為時間是一張大布幕，各種事物投射上面，雜亂無章，作家的任務就是要找一條線索，把不同時間發生的情事、及不相關的史實連接起來。他是無神論者，但對宗教狂熱，認為宗教往往借上主之名，用戰爭、屠殺和種族滅絕促使人與人之間的仇恨。六十九歲他完成《耶穌基督福音》，因為把基督寫成庶民，遭受天主教會強烈批評，薩拉馬戈贏得國際聲譽的小說是《修道院記事》，以十八世紀里斯本的宗教裁判做背景，一雙情侶在教會的惡勢力下夢想自由，自然又令到葡萄牙的教會大皺眉頭，小說裏的一名神父鑽研飛行機器，薩拉馬戈在宗教壓力下，現實生活裏也只好乘坐飛機，從里斯本流放到西班牙的蘭薩羅特島，八十八歲在島上鬱鬱而終。薩拉馬戈另一部膾炙人口的小說是《盲目》，失明如瘟疫擴散，導致社會崩潰，薩拉馬戈溶合對話與敘事手法，很少標點，句子可以長達數頁，是《從地上站起來》的伸延。薩拉馬戈經常在著作中引用寓言，穿插幻想的元素，寄託自己對社會批判性的意見，瑞典學院大為賞識，誇讚他「透過想像力豐富和反諷的比喻，讓我們再次理解一個虛幻的現實。」頻頻受到政治迫害，希望對薩拉馬戈來說終是虛幻，最實在還是一九九八年手執的諾貝爾文學獎。

種族歧視發展到了二十一世紀的美國，已經是記憶與遺忘的大腦活動，第一代從非洲被拉伕到來勞役的黑奴，選擇的求生方式是沉默，儘管他們感受到壓迫，從來沒有向人透露。他們的子孫比較開放一點，膽敢表達自己的委屈與怨憤，也只是透過靈歌，以口傳達，從來沒有想過執筆記下紙張。美國作家唐妮．莫里森（Toni Morrison）初發現自己有能力處理這個題材，只感到道重任遠。最大的挑戰是在記憶與遺忘之間求取平衡，《寵兒》裏，她不斷重複的話是：「這不是一個可以傳承的故事。」在《主助孩童》她更認為用記憶作治療是最不可靠的方法，要化解記憶與遺忘的張力，莫里森認為文字是一次向內探索的過程，讓我們看到事物的連繫，從而震撼甚至感動，藉著文字，可以澄清生命裏一些含糊的事，如果一直站在外圍，就看不到。寫作讓作者懷有一個超脫的視野。構思第一部小說《最藍的眼睛》，她就從社會階層最弱勢的族裔想起，一個黑女孩每天向神禱告，祈求一雙藍眼睛，種族歧視影響到一個心靈脆弱的人，把自己與生俱來的肌膚當作妖魔鬼怪，要像蛇皮般褪下來，意念令人吃驚。其後的《秀拉》和《所羅門之歌》，莫里森不斷探索歧視與偏見的主題，仇恨中又有愛的成份。一九九三年莫里森榮獲諾貝爾文學獎，瑞典學院對她的小說的看法是：「……具有卓識遠見和詩意，為美國現實重要的一面賦予生命。」進而到文學評論《黑暗中的遊戲：白性與文學想像》，她更從種族歧視的角度，重新審視經典文學。民權運動已經是六十年代的事，美國報章對於黑人遭遇私刑的事件仍然三緘其口，眼看社會風氣稍為開放，新總統上任，民眾意識又告倒退，聲言民主，自認優越的一些白人依然排斥其他族裔，對權力與金錢的崇拜始終是改不掉的惡習，革命尚未成功，莫里森還須口誅筆伐。

古諺自有智慧，譬如「塞翁失馬，焉知非福」，意大利劇作家達里奧．福（Dario Fo）就因禍得福。六十年代初期，他與妻子福蘭卡．拉梅應邀到熒光幕亮相，當時的電視臺受制於基督教民主黨的五指山下，一看見黑手黨與工人真正處境的題材便立刻亮紅燈，達里奧．福偏偏關注這兩個社群。年輕時他不斷尋找自己的聲音，在繪畫與建築領域遍尋不獲，偶然在戲劇王國碰個滿懷，自然特別珍惜，眼看自己的電視劇本不止被刪去一兩句對白，經過監察體無完膚，他與妻子選擇用雙腳抗議。離開電視臺，兩夫婦的表演場所是另類劇場，在公園、市集、廣場、監獄，學校響鑼，反為更接近他們一向同情的底層民眾。六十年代末期學生運動進行得如火如荼，知識分子的政治意識醒覺，達里奧．福針對計件工作、家庭作業、工廠運作和學校制度大造文章，不嘗試解答過往的爭辯，著意反映現實，與當時的環境息息相關，觀眾只覺得同聲同氣。身處電影電視漫畫風行的年代，他難免從媒體索取靈感，常用鬧劇的形式表演內容，甚至從默劇和擬聲詞借鏡，語帶雙關含沙射影，或者用無言劇的形式迴避監察。達里奧．福的劇本寫得倉促，往往乘火車時已經一揮即就，並不等於粗製濫造，他更相信排演時探討的力量，認為文化沒有高低之分，觀眾需要學習用不同的代碼解讀。他的劇作比如《滑稽神秘劇》和《絕不付賬》都令當權者大皺眉頭，瑞典學院對他的評價是：「模仿中世紀的小丑，鞭撻權威，維護被壓迫者的尊嚴。」他並沒有因為一九九七年榮獲諾貝爾文學獎而怠慢，晚年他更批評總理西爾維奧．貝盧斯特科尼及意大利力量黨對意大利作家的禁制令，達里奧福亦莊亦諧地訴說意大利社會當前的狀況。

科技瞬息萬變的年代，白俄記者斯維拉娜．亞歷塞維奇（Svetlana Alexievich）再沒有托爾斯泰的閒情逸緻，靜坐書齋等待靈感蘊釀，經過數十載發酵，搬到紙張。她需要眼明手快，用文字抓回一丁點現實。身為採訪人，每日與男女老幼一問一答，聽取不同的聲音組合零碎的資訊，往往速記百多頁紙張，可取的只有十多張，也只好去蕪存菁，更準確地拼湊一幅現代的苦難圖。蘇聯人民活在執政黨和受害人之間，誠惶誠恐，奴隸意識無處不在，別的民族質疑他們要在苦痛的路上長跑多久？為甚麼不可以用痛苦換取自由？他們卻把眼淚當作生活的一部份，亞歷塞維奇不想批判他們，然而她到底有血有肉，不能無動於衷，她採取「聽我細訴」的寫作方法，像娓娓向身畔的人說出生命的感受，充滿悲劇的詩意。說是報告文學，其實更像小說，有開首有結構有角色，敍事結構似混聲合唱，數百名受訪者的綜合指證匯成一首交響詩，奏出獨裁政權下共同的人類經驗。她自創的紀實文學得到瑞典學院的認同，不止在二〇一五年頒給她諾貝爾文學獎，還盛讚她「因為用複調寫作，為我們這時代的苦難和勇氣豎立里程碑。」亞歷塞維奇出生在第二次世界大戰結束之後，翻閱書籍，蘇聯政府報喜不報憂，茶餘飯後，從姨媽姑姐的口中才知道戰爭是愛與死亡的糾纏，她選擇記者作職業，就是要找尋真相，家裏的廚房是上演悲歡離合的劇場，每日受訪者到來申訴，向來信任的政府突然面目猙獰，切爾諾貝利核爆劇增鰥夫寡婦的數目，亞歷塞維奇眺望窗外，暗禱下面流過的斯維斯拉奇河給她靈感。一群老太太也到來追憶當女兵的日子，用口唇膏換取人性，在淪陷區褪去軍服換上衫裙，爭取做一夜女性，千辛萬苦救上岸的赤裸軀體原來是一尾鱘魚，行為不夠英勇，被當局下令噤聲。亞歷塞維奇根據資料寫成的紀實小說《戰爭中沒有女性》，多年來備受監察，沒人問津，直至戈爾巴喬夫偶然提起，總算得見天日。亞歷塞維奇沒有退縮，又寫就《鋅皮娃娃兵》，揭露蘇聯士兵在阿富汗戰爭期間肢解的暴行、吸毒及心靈創傷，當然又逃不過監察的命運。亞歷塞維奇不堪被白俄政府騷擾，自我流放到哥德堡。在美國，侮辱女性的人可以榮登高位，還胡作非為說要發動戰爭，《戰爭中沒有女性》和《鋅皮娃娃兵》在當地婦女和年輕人間廣為流傳，亞歷塞維奇在祖國仍被禁止歌唱。

文字落在波蘭詩人維斯拉瓦．辛波絲卡（Wislaawa Szymborska）手中，變成逗笑工具，根本她熱衷諧謔笑話和俏皮話，聲稱打油詩是她要熱情擁抱的體裁，閒時精心泡製短小精悍的幽默詩，平時以急智馳名，有「詩壇莫扎特」的口譽。她靈活運用語言，採取非比尋常的觀點，探索日常生活，如果覺得她的詩頭腦簡單，就低估了她的才華。在〈一顆小星星〉的詩裏她言志：

我借重沉沉的詩句
滿身大汗絞盡腦汁
讓字字顯得
輕飄飄

詩句看似簡單，其實充滿計謀，她極為關注細微事物，自創詩歌模式，方便讀者像鏡頭般伸縮橫移，從而揭發不尋常的角度和人與物之間意想不到的關係。丟開詩不說，辛波絲卡也寫得一手好散文，一九六七年至一九八一年間，她在多份報章撰寫「非必需閱讀」專欄，用她慣常的好奇心關注各種問題，大小不拘，題材包括心不在焉的教授、美國吸菸人士的冤孽帳，文明墮落的因素……。她表明立場說：「我事必保持讀者、業餘和粉絲的身分，誰要認真批評只惹來我的不快。」她在波蘭經歷了法西斯和共產黨兩個政體，原本對社會主義充滿幻想，甚至加入波蘭統一工人黨，漸漸體會到政客口口聲聲關心世界大同，到頭來口是心非，以後誰說立場堅定，都引起她的懷疑。無論寫詩或者生活，她都採取遊戲人間和模棱兩可的態度。接受訪問時她就說：「任何事都含有政治性，包括非政治性的詩。」她要用文字記下這一刻，譬如〈九一一的照片〉這首詩，死難者從行將倒塌的世界貿易中心的窗口躍下來，辛波絲卡寫的卻是

有足夠的時間
讓頭髮披散，
鎖鑰、錢幣
從衣袋裏跌出來。

她著意把時間凝結，求取一刻永生。另一首詩〈恐怖分子，他在觀察〉這樣開始：

炸彈會在一時二十分爆發
現在只是一時十六分
有人仍有足夠時間進來

足夠時間離去

她用詩的方法談論政治，質疑完美的烏托邦、過分自信的人和政制。在〈結尾與開始〉她又說：

戰爭之後
總有人要善後
說到底，東西不會
清理自己。

辛波詩卡「精確的諷刺詩，點點滴滴讓歷史和生物更迭，揭櫫人的現實。」（不是我的話，是瑞典學院的評語，附加一九九六年的諾貝爾文學獎。）

別人提起集中營便心驚肉跳，匈牙利作家凱爾泰斯．伊姆雷（Imre Kertész）少年時曾經被囚禁在奧斯威辛「死亡工廠」，只感到榮幸。接近死亡可以衍生激烈的快樂感覺，偷生也是一種自由的生活方式，他的文字總是專注於猶太人大屠殺，集中營可算是二十世紀歐洲一次嶄新的經驗，極權獨裁的氣氛使人窒息，法西斯運動之後又是共產黨專政，幾乎創造全新人類，強迫一個人作史無前例的選擇，不想受害，就要主動煽風點火，若要生存，唯一的選擇是與魔鬼合作，人性扭曲變形。一九八九年柏林圍牆倒塌，東歐仍然面對一個又一個的謊言，種族滅絕繼續發生。二〇〇四年匈牙利加入歐盟，經濟與其他歐陸國家沆瀣一氣，超越國界的歐洲精神還有待誕生。等到民主擺脫斯大林主義和第三次世界大戰的威脅，狂熱激進派又煽起恐怖主義，伊姆雷認為不同的種族與文化之間倘若不能互相理解，世界可以變成充滿隱憂的森林，獸性虎視耽耽。伊姆雷的犬儒語調似乎有點自我安慰，接受另一次訪問時，他又透露自己僥倖生存，很難擺脫心上的不安，沒有輕生，是因為有小說想寫。第一部小說《非關命運》就是根據自己以前在集中營的經驗，用文字探索一個人活在意識形態被判死刑的心態，其他人逐個死去，自己怎樣克服苟且偷生的心理衝突。他的小說從自己的經驗出發，卻要與自傳劃清界線，他認為自傳是嘗試回憶，是世人可以依賴的世紀的鏡子，小說卻不能只靠事實，需要發揮文字魔力，創造一個獨特而怪異的世界，甚麼事都可以發生，自己似乎被遺棄，愈來愈失去理智。在《慘敗》裏，他喃喃召喚過去，讓自己再一次感受到集中營的氣氛。伊姆雷奉行的是「囚禁文學」，也可說是「見證文學」，憑個人經驗描寫心靈創傷。瑞典學院就激賞他「堅持用個人的脆弱經驗，反對歷史的野蠻任意。」他始終認為寫作是很私人的事，寫了數十年也沒有讀者，活在社會邊緣，然而在極權獨裁的國家，更容易用文字表達，反正稿件不會付梓成書，可以暢所欲言。二〇〇二年榮獲諾貝爾文學獎後，反為要顧慮到市場與銷路，自我監察是最難過的一關。

羅馬尼亞作家赫塔．米勒（Herta Müller）需要藉著文字證明自己存活，出生於劍拔弩張的獨裁政權，筆桿就像大海上的浮木，讓她感覺還是忠於自己，對一些事情還可以執著，卻是文字令她不斷遭受解雇、盤問與迫害。她成長於一個貧困的鄉村，親眼見證同胞不快樂，三十多年後她移居德國，哀愁還是如影隨形，獨裁並不限於羅馬尼亞，她不得不借助文字站起來。寫作幫助她澄清視野，明白事情內在的真相。從鄉村到城市，她已經感覺缺乏聯繫，連根拔起，更沒有歸屬感。她寫自己與國家社會主義的藕斷絲連，寫鄉野的腐化生活與種族中心主義，德國人期待的卻是賓至如歸的鄉土文學，很快她就被羅馬尼亞社區及德國少數民族排斥，活在社會邊緣。身在德國，米勒經常寫的還是羅馬尼亞的事，她是否想藉文字懷鄉呢？米勒不以為然，認為自己的羅馬尼亞意識不自覺流露在德文的字裏行間。因為她寫的敏感題材，經常遭受獨裁政權的跑腿威脅，要致她於死地，害怕死亡令她想到避重就輕，張臂迎接超現實主義，促進她的文學成就，然而獨裁政權毀滅了多少無辜，想想這個交換並不值得，歸根結底，人總比文學重要。一九八二年米勒完成短篇小說集《低地》，因為批評羅馬尼亞獨裁政權，禁絕在本國出版，遠渡到德國卻受到賞識，移民後她繼續寫獨裁政治下祖國的日常生活，捍衛思想自由和言論自由，一如達里奧．福運用擬聲詞，米勒在語言上的實驗似乎也是規避監察，透過新詞的組織和分解，詩的意象由是誕生，刻意對比政治當局的強硬與民生的可塑性，從而見證侵擾。在二〇〇三年的《國王鞠躬，國王殺人》特別顯著，想是這部小說令她得到瑞典學院的賞識，二〇〇九年頒贈諾貝爾文學獎給她時，讚賞她能夠「用詩句的凝練和散文的坦率，描繪失去恆產的家族的流離圖。」可別忘記一九九四年的《風中綠李》，書評人認為是針對羅馬尼亞獨裁統治下的生活最有力的寫照。

隔著時空，諾貝爾文學獎幾位女桂冠義結金蘭，娜定．葛蒂瑪與英國女作家桃樂絲．蕾莘（Doris Lessing）同樣在非洲成長，對黑人備受壓迫痛心疾首，蕾莘對種族歧視更有切膚之痛，母親就是一個專橫跋扈的人，家族屬於侵略非洲的少眾白種人，逐漸她理解到母親想用欺凌來掩飾自己身在異地的彷徨與恐懼，並不表示母親就有權對當地的原住民為所欲為。蕾莘童年時可能懾於母親的淫威，羽翼豐盛後著意用文字攻擊母親代表的一切。處女作《草在歌唱》牽涉階級差異、權力欲、殖民主義與女性賦權。接踵而來的《暴力的孩子們》五部曲、用非洲作背景的短篇小說與多部回憶錄，都用非洲土地的壯麗對比種族隔離的醜惡，對黑人勞工備受虐待表示震驚，白人對待黑人，會採用一種鄙視和不屑的語氣。蕾莘的家族是務農的白種移民，她處於黑白兩個文化之間，渾身不自在，睡覺時蓋的毛毯，本來屬於原住民，不知道是因為另一民族的氣味，還是問心有愧，她潛意識抗拒毛毯。蕾莘用文字引領讀者到另一個領域，何止水土不服，辭藻也像另一個星球的語言。從非洲起步，她涉獵的文學領域愈來愈廣，卻是同樣怪異和包羅萬有，她就曾經闖蕩到科幻小說的範疇，創造一個完全不同的天地，有自己的詞彙。蕾莘的才華不限於此，她用不同的文學類型探索挑釁的題旨。有點像辛波絲卡，她年輕時支持社會主義，而且是共產黨員，儘管五十年代脫離黨籍，參予政治影響她的寫作風格，作品經常表露強烈的社會意識，她的興趣廣泛，一度探進人類性靈，特地鑽研伊斯蘭文化的蘇菲主義。一九六二年出版的《金色筆記》，很多人奉為婦解經典，儘管她支持婦解運動，自剖不是寫這部小說的動機，而是想探索瘋狂、精神崩潰與復原狀態。小說帶有實驗意味，先用四本筆記寫主角與其他人的關係，遍及非洲、政治、幻想，再匯聚成第五本金色筆記。當瑞典學院稱讚她「用懷疑精神、火樣活力和真知卓見構成史詩式的女性經驗，把分崩離析的文明放置在審核中。」似乎是《金色筆記》的書評，卻又不只於此，等身的著作加起來值得二〇〇七年的諾貝爾文學獎。

十二位諾貝爾文學獎桂冠，每人獲諾貝爾獎博物館封贈一塊壁報板，像豐饒的土地，耕耘各自的心田。然而篇幅到底有限，任文字密密麻麻，都是撒在石縫的種子，未曾開出一朵花。比如波蘭詩人辛波絲卡，讀壁報板以為她只懂得用詩做政治宣傳，其實她也是不折不扣的搗蛋鬼。訪客想多理解桂冠的心路歷程，還是要走正途，翻閱他們的著作，參考有關資料。當然訪客也要做好心理準備，文字可以有多種形態，姑隱其名的一位諾貝爾桂冠，平時文筆秀外慧中，一旦從書頁裏出來，坐到訪問者的跟前，文字轉為白話，頓時顯得臃腫粗拙，或者她認為語不驚人死不休是幽默，我只看到飛揚跋扈，我明白到她需要背負整個種族的苦難，有朝榮登文學寶座，就要盛氣凌人嗎？腦海浮現根據沈從文短篇小說改編的電影《湘女蕭蕭》，當童養媳時受盡婆婆的閒氣，等到繼承了婆婆的鞭子，打在媳婦身上的手力更狠。我們為諾貝爾文學桂冠的敢怒敢言鼓掌，人格若有缺失，或者應該也說一說，明知不會改變到甚麼，起碼提醒自己怎樣做人。

原載《別字》網誌第二十一期（節錄）

兜轉臺灣

輪胎

旅遊車的後輪忽然洩氣，走在平坦的柏油路上，車身搖晃不定，我們沒有抱怨，從一個城到另一個城，旅遊車已經整整跑了六天，觀光完畢我們上車，司機發動引擎，車在隆隆聲中似乎還在喘氣，下一天還得攀上山哩！車當牛馬，也會疲倦，司機把它停在修車店旁。

我們感到輕微的震盪，修車少年已經用一根鐵枝承接車身，車輪從側面放出來，就像掙開母親懷抱的小男孩，跑上幾步轉兩個圈，便解脫似的躺在地上舒伸，就算少年拿來一根鐵杆，也不會刺痛我們的眼，受傷的人到底需要手術，且讓鐵杆插進輪裏，軸心膠輪緊密相連，少年用盡氣力，只能撬鬆一小部份，車輪立刻揚起煙塵，圍觀的人紛紛掩鼻奔竄，我留在車廂裏，隔著車窗，煙塵還在飛舞，久久沒有散去。我並不覺得詫異，畢竟車輪已經輾過不少道路，應該儲存一些記憶，要是車輪懂得說話，可以滔滔不絕。現在車輪既然選擇沉默，就讓每顆升起的微塵代表一個旅遊故事，飽滿地在陽光下展覽，回想我的生活純淨得像炮灰，不禁有點妒忌。

事情並未完結，挖空了軸心後，少年還要探手掏取胎衣，胎衣已經軟弱無力，少年為它充氣，放到店前的水糟裏，嘗試診斷洩氣的地方。他一直找不到漏洞，於是全心全意對付膠輪，在修補的過程中，我瀏覽著車店，裏面堆疊著一些嶄新的車輪，都是烏黑得明亮，回顧躺在地上的膠輪，滿身泥濘顏色暗啞。少年還在用心檢驗，司機蹲在一旁觀看，三個角落構成一份情感。我對這份牽絆的情感有點陌生，因為城市早已否定，走在路上，總會被千奇百怪的事情吸引，教我們相信浪費就是瀟灑，而新的事物很快便會被更新的事物取替，洩氣的輪胎有如褪色打摺的皮鞋，儘管它們張嘴欲要訴說一段曾經與我們共渡的時光，我們無暇聆聽它們的身世。陋巷裏居然有人帶著補鞋匠的堅持，我不由感到驚喜。可不可以說膠輪是車的鞋子呢？少年已經把膠輪推到車前，面對未完的路，我重新感到振奮，也許旅程並不完全是愉悅的，很多事情並不符合理想，因為一切出乎意外，倒加深了我的體驗，在猝不及防的情況下我更加認識自己，安裝車輪的時候，我胡亂地想著這些，然後司機上路，我便懷著修補後的心情繼續旅程。

碼頭

我在碼頭眺望，無端遇見對岸的一片樹林，青蔥鬱綠在山野間奔流，一下子都傾瀉到橋底的水庫裏，教我無從閃避。我連忙提起照相機獵影，只是照相機的框框是這樣有限，怎麼可以完全記錄那股綿延擴張的氣勢呢？對準焦點按動快門的姿勢實在枉然，索性把照相機拋開，儘量利用眼睛攝取。

從機場到酒店的一段路程，我已經留意到這裏草木茂盛，偶然從旅遊車外望，窗玻璃都被一大片綠霸佔，我低下頭張望，綠便沿著山脊一直向上攀爬，旅遊車總不給我足夠的時間細心觀賞，匆匆又趕赴另一個風景區，山像輪盤似的旋轉，無論它轉到那一個位置，草木都以最蒼翠的顏色相迎，現在樹林既然自動展開成一幅靜止的圖畫，就讓我也佇立成橋頭的一支燈柱。山不很高，卻有熱鬧的樹叢簇擁。多是墨綠的顏色，想來品種並不繁雜，然而從橢圓形的樹頂可以想像到葉身的飽滿，當然這裏的山坡朝北是一個重要的理由，因為土地肥沃陽光充沛，我們卻不該把破壞的責任歸咎於風，樹林到底需要栽培保養，它們的盛衰反映到一個地方對大自然的誠意，在綠叢中，我隱約看到「金島樂園」四個字牌，石級似的由左到右排列，直到現在我仍然弄不清那是甚麼地方，卻為樹林加添一份神秘色彩。

我知道水庫供應食水灌溉農田發動電力，只是對岸的風景令我牽腸掛肚，恕我暫時冷落歷經八載的工程，先去追溯樹林的源頭，走過石橋，我來到一道斜坡，路標指示下面的遊艇碼頭，我沿著兩旁的樹蔭跟蹤下去，旅遊車都拋到腦後，對岸的風景愈來愈清晰，樹林下面，原來還有一道淺灘，豎立著「仙島」兩個字牌，空氣裏昇起了虛無飄渺的煙霧，遊艇就在碼頭一字排開，本來我可以輕易橫渡仙島，然而島是這樣寧靜，似乎不想有人騷擾，我便選擇路旁的一張石凳，悄悄地坐下來，一輛房車從我身旁擦過，駛下碼頭，以後便再沒有移動，是等待遊艇裏的戀人嗎？四野杳無人跡，遊艇裏忽然盪漾著孩童的嬉笑，熱鬧了好一會，重又沉寂下來，我仍然靜坐著，這一刻我只想把心泊在碼頭。

湖

堤岸的人是否商量租艇出海搜尋沉船裏的寶藏？海浪裏有沒有夾雜著差點迷惑優力栖斯的塞壬歌聲？雕欄玉砌的龍宮會不會改建為超現實的海底城？有時喜歡放縱一下，我便來到海邊，肆無忌憚地看著眼前一片碧藍，想些甚麼或者甚麼也不想，海永遠用最迷人的姿態吸引我，隱蔽著的事物總是富有魅力的，煩惱的時候我也到海邊去，公路上的車龍往往加添我的躁狂，當車隊爭路到最高潮，我幻想著普西頓已經悠然甦醒，徐徐從水裏冒出赤條條的身軀，擺動鱗光閃閃的魚尾，一手提起吵得最兇的車子，放到車龍末端。

現在當我來到湖畔，看見湖水都被泥地圍繞，上面是修葺整齊的草坪，旁邊排列著昂首挺胸的樹木，亭臺樓閣點綴其間，我就有種被規限的感覺，湖水晶瑩似鏡，兼容並包地倒影湖邊的景物，我一度也被這份風采懾服，漸漸水又在我心中凝結成塊，然後風吹動著湖面，摺起碧綠的水，有時候像一層層石階，或者像一圈圈年輪，風景裂為碎片，我覺察到有水的地方就可以容納想像，有時陽光沒落湖心，留住金黃色的光線，我憑欄注視，隱約感到湖面昇起一層薄薄的蒸氣，聽說這是一個人工湖，抽來下淡水溪的河水，隨時準備供應下面的工業城，這並不是我最感興趣的地方，我倒想知道九曲橋的來歷，原來這裏曾經有人投湖，以後經常上岸騷擾，人們相信鬼魂只會直行，故意把橋建得彎彎曲曲，在三亭攬勝的風景裏，左右的亭各有石鶴石鹿留駐，為甚麼中間的一個亭懸空？傳聞繼續，以前亭頂雕有一隻石龜，在一個風雨交加的晚上，牠忽然從亭頂爬下來，悄悄滑進湖裏。

陽光之外說著湖的故事，同事變成導遊，記得她曾經興緻勃勃走到我的寫字枱前，說自己怎樣被一本奇情小說吸引，刻板的打字工作不能羈絆她，終於另謀高就，今次異地重逢，第一眼看到我，她便熱情呼喚，像捉弄一個熟睡的人，然而看她周旋於商店與遊客之間，我感覺到她變得圓滑，導遊工作教會她用另一幅面孔示人。遊湖完畢，我們在冰果店休憩，她走過來搭訕，提起湖與及其他鬼故事，以前的日子重現，她仍然帶著狡猾世故的神情，只是說故事的時候，她的眼睛澄清如湖，泛著點點光彩，不存任何欺詐。

公路

吊橋下面溪流湍急亂石散佈，並不是野餐的地方，我搖晃著身體走過，踏上石階準備採訪寺院，想想還是折回，重新感覺吊橋的顛簸，並且找尋種種藉口，在吊橋上來回穿梭，固然我相信繩索的韌力，另一方面我也恢復元氣，可以誇口說要體驗生命裏的動蕩。時間不多，很快我們又被召集，旅遊車通暢地滑過公路，下午的旅程舒服得使人疏懶，導遊忽然要我們留意兩旁的大理石山，說開採後運到城裏價值不菲，我們望出窗外，山像多面高牆沖上雲霄，大峽谷在山脈中央裂開一道縫，一線天奔竄下來，我們再不願呆坐在車廂裏，都要下去感覺堅實的公路，崇山峻嶺自有神秘面貌，對面山崖的洞，導遊說是燕子棲息的地方，隨著遊客大量湧來，燕子不堪受擾紛紛遷徙，只是缺口這樣闊大，我更相信是山地人出沒的地方。俯瞰溪流，水把河牀沖激成一個印第安人頭像，被侵蝕的缺口是眼耳口鼻，蔓生的青苔和樹木恰巧成為一頂草帽。我們忽然墮進陰暗的境界，眼前是一個又一個的山洞，隨著入口從窄小逐漸擴大，我們的足音空洞地響著，巉岩盤結，讓我們害怕會有一些邪惡潛伏，幸而公路都細心地圍著欄杆，山坡上樹木招展，我們穿過九曲洞，天色並未放晴，點滴的雨灑下沖淡我們的遊興，我們再不堅持，紛紛躲回車廂。

對比上午的歷程，我發覺城市人的虛弱，我當然是其中一分子，可能上一天聽同事說公路難行，加上凌晨三時半的召集，攀上旅遊車我已經不舒服，公路前半段的風景我完全不知道，我徘徊在夢與清醒間。車停在第一站，同團一個胖女孩便吐起來，我趕忙灌了自己三杯橘子汁，口含話梅，總算支撐下去，右邊座位的女子開始作嘔，後面的人也張羅著膠袋，氣味擴散，我幾經辛苦才按捺胃裏的翻騰，車到梨山，人已完全虛脫，我再無胃口進食，呆坐在草坪上，導遊過來，提起公路的建造過程，公路是一項奇跡，政府曾經邀請外國工程師到來探測，都說不可能進行，政府高層堅定不移，經過三年兩個月開山劈石，犧牲了不少人，終於戰勝自然，故事散發雄渾的汗酸味，教我正襟危坐，然後煙霧便從山下昇起來，雲也牽連成海，環抱山腰，我猛抬頭，看得目瞪口呆，個人幾小時的苦難算是甚麼。

森林遊樂區

進去的時候太陽從樹與樹的枝葉間投落斑駁的十字紋，微塵虔誠地迎著光線飛舞，樹躲在半明半暗中更像神殿的樑柱，我加快了腳步，驀然後面一聲呼喚，回過頭來，烈日下的人群都顯得有點不真實。

這裏沒有森林的濕土和陰冷，我們也不打算經歷血與死亡，一切遵守遊樂區的秩序，我走過平滑的石板路，林裏隱約瀰漫著濃重的氣味，我相信這裏也有樹香，我不熟悉森林，是城市的孩童，只知道桃花心木可以製造電子鋼琴，然後啞口面對一系列的樹，喚不出它們的名字，遊樂區的樹木早已料到，便各自在胸前掛上一張名片，襯托著粗壯的樹幹，就像開往智慧的窗，只要虛心的問，以後便多知道一些樹的名字和出生地。空地上我一眼認出有節口的竹枝，是我熟悉的青黃色，帶有尖長平行的葉，竹身倒很細小，較我平日看到的差了一大截，竹靜靜地立著，我卻感到它們掙扎著說要長大，我正想走上前，聆聽中空的竹枝裏可有流動的聲音，旁邊一塊木牌攔阻像溫馨提示，說竹苗正在培育的階段，請我暫時不要騷擾。我穿過灰褐色的樺樹，紅色的落葉灑了我一身，隨手撿起一片，握在手裏立刻化作灰燼，在這個生長的季節裏，樺樹為甚麼會這樣容易萎謝？我心存疑問，樺樹已經在枝椏間長出橢圓形的新葉回答我，更多的葉撒下像鳥在更換羽毛，森林忽然顯得陰暗，光線似被截停，我抬起頭來，檜樹正努力用針狀鱗狀的葉遮蔽天空，粗皺紋的樹幹朝天像長存的渴望，涼風吹過，樹冠裏發出沙沙的聲響，沒有樹葉抖落，樹幹也毫不動搖地站著，相信仍會這樣繼續站下去，我們攀過山坡，遇到更高大的紅檜，樹齡接近三千年，提昇到神木的地位，樹的上半身已經被劈空，是要探索天空時遭到電殛？我們穿過芒刺和矮叢走進樹裏，空心的樹身可以擺放兩張圓桌，坐著石頭仰望，天在樹洞那邊像遙遠的呼喚，樹幹始終是試圖通往天空的隧道。

離開神木，可供選擇的只有一道下坡路，然後煙霧從四面八方圍攏過來，提供藉口讓遊人故意迷失方向，迷朦裏浮起一道拱形竹橋，從草坡一直伸向碧水中的綠島，恍若夢的使者，不讓遊人想到清醒，留駐哼一首小夜曲。

文化村

兩個技工在轉動的機器旁打磨大理石，簡陋的工場擋住半邊陽光，我們打從旁邊走過，他們安靜得像深山的灌木叢，我們剛從工場的另一邊來，看到大理石原始的一面，一會兒我們還會到陳列室去，粗糙的結晶體已經琢磨成工藝品，指導員拿著擴音器講解，我們懷著好奇心追問，技工始終低頭，彷彿人身晃動都是大理石的光影浮泛，我們從大理石廠出來，旅遊車沿著草原奔馳，兩旁木造的樓房流逝，最後停在百貨公司前面，我們穿過行人路的電單車陣，踏進樓上的大飯店，自從開發公路發展工商業區，村落躍昇為東部的大城市，回想移民初到，四處荒涼，交通都被高山阻隔，導遊細說開墾的故事，我又想起默默工作的技工。據說三十年前這裏發生地震，房屋全部倒塌，不止覆蓋著人，還有多少年的心血。塵埃落定，我們抬頭，偶然看到一架掠過的內陸機，土地的創傷總有治癒的一日，未來並不可靠，根據地質學家探測，村落泥土鬆軟，有陸沉的危機，政府撥地容許村民遷徙，村民並不就範，既然選擇一個地方就要葬在這裏，他們留在原地生根茁壯。

我們在文化村吃晚飯，菜餚之前，舉行一個風俗，先把飯團藏進竹槓像是秘密，再用槌子敲取，我們蹲在竹砌的地板上玩，竹槓橫伸就像這個部落的歷史悠長，竹槓裂開，我們認識到一個打飛魚的部落，每日拋網捕魚，財富就是每家一艘漁船，閒時他們喜歡雕刻船身，三月裏他們把捕獲的飛魚剖開，曬乾後吊在屋裏作為守護，其他部落沉迷於叛變和廝殺，他們仍然留在水邊結網捕魚，歷史就用竹針和網線連結。飯堂外面，有擺賣的小店，我們對於零食沒有興趣，寧願圍觀一些掛毯，淺色的掛毯裏，往往勾畫一些簡單妙趣的人物，我們久久沒有離去，猜測掛毯要說的故事，到了一定時候，帳幕裏還有歌舞助興，領導的是一個男子，儼然是部落的酋長，部落少女穿著紅紅綠綠的布裙，頸項圍滿珠鏈像閃耀的年輕，就把燈光當作月色，他們表演打獵跳月和豐年祭，我特別記得一幕祭神舞，帳幕的燈光都要熄滅，男子拿著火把狂舞，熊熊的火焰劃破空氣像奔竄的線條，少女們握著松枝等待，我忽然想起村落的命運，趁歷史還不是一段小小的惆悵，且讓火種一棒接一棒地傳播開去。

石荀寶穴

沿著階梯我們走下石荀寶穴，公園暫時昇到地面，這次行程不算白費，花草樹木永遠令人開懷，雖然我已經到過古木參天的森林，熱帶植物又是一番風景，只是剎那間要我認識眾多的新朋友，我寧願放棄它們的名字。背著陽光，導遊提到公園本來是一個海底城，隨著地殼的變動，有一天它忽然從水中冒出來，我剛踏過階梯，正要進入寶穴，驀然止步，閃避一尾彷彿游過來的神仙魚，寶穴並不闊大，喘息的人來到，轉一個身拍了照片，就沿著另一道階梯上去，寶穴裏有寶藏，旁邊一塊木牌解說，石荀就是上聳的結晶質方解石，下邊的是石乳，我輕敲各種奇形怪狀的石，聽不見一聲鐘鳴，隱約是海潮的聲浪，我便留了下來。

其實我對石頭可又知道多少，只是想到撫捏一下，進來的人已經匆匆離去，粗糙的石帶點抗拒終又留在掌下，我感到了一陣溫柔的刺痛，把雙手插進褲袋，走到寶穴前看陽光下的石荀，灰白色的表層帶著黑色的斑點，旁邊黃色黑色的疤痕擴散，彷彿手臂上的一塊痣，讓人想到遺憾想到珍惜，陽光突出石荀的陰暗面，我可以感覺到它們的呼吸，石荀石乳是怎樣形成的？人們說地下水從石灰洞頂漏落，蒸發之後，留下的碳酸鈣沉澱游離，逐漸從地面長出結晶質的嫩芽，另外一些水攀過石灰岩的縫隙，到達石灰洞頂，然後堆積在上面等待下墜，屏息靜候，我聽不到響亮的滴水聲，石的紋理這樣豐富，不是一尊石像一幢建築可以比擬，我想到初民躲在岩石洞裏描繪牛的姿態，一種不實際但單純的情操。人聲去後，寶穴頓時沉寂下來，我不覺得寂寞，盤踞在穴前的岩石像不知名的怪獸守護，我急步進寶穴，承接幾株快要從上面墜下來的冰柱，陰暗裏我覺得自己受到監視，回過頭來，深陷的洞窟像一雙銳利的獅眼，我倒沒有張惶，相信石獅子不會撲出來驚嚇一個訪客。

我安然地彎腰，細看巉岩上一塊隆起的石，石有眾多分支，讓我想起一隻蜥蜴的屍體，蜥蜴沒有留在草叢捕食蜈蚣，無端爬進洞裏做甚麼呢？岩石變成蜥蜴心目中的大山，在征服的過程中牠便萎靡下來，只是石身這樣圓胖，更像一隻死心塌地的螃蟹，牠漠視大地的變遷，緊守著崗位，誓要充當寶穴的子民，最後就溺死在沒有水的異鄉。我左顧右盼，一塊石始終是一塊石，或者浪潮經過，不滿意石荀簡單完美的形象，便湧過來深深擁抱，然後風來盜取石的碎屑，雨露送來動植物的遺骸，加上歲月不經意的琢磨，石荀受到傷害，也呈現出更加深邃複雜的形態。我斜倚著石荀，以為已經熟悉石的故事，隔著一段距離，沒有接駁的石荀石乳竟像血盆大口裏的一些尖牙，我有點驚慌，信心都被噬咬，我要扶著石荀安定自己，發覺緊握著的都是粉末，石荀在下一分鐘又有新的變化。

回程的時候，旅遊車停在一片石牆前，我正好坐在靠窗的座位，便嘗試描繪這一幅壁畫，然而嶙峋怪石提供太多話題，讓我一時無從捉摸，旅遊車再次開動，我不覺得可惜而是沮喪，然後車掌小姐遞來風景畫冊，我隨意翻到海島遊覽區的一頁，看見修長的石冒出沙上像一個貴婦的頭，在顛簸的車上我緊握著畫冊，敞開的車窗有流動的風，貴婦的臉看海，上面隆起的部份可說是髻，中間微突的地方就是一串項鏈，頸下淺紅色的沙灘廣佈像散開的裙裾，要是貴婦行走，將會掀起整個沙灘，隨著海風和浪花的侵蝕，導遊說海島本身也像一隻巨大的海龜蹣跚離岸，上面奇岩密佈像一個美麗的童話王國，只是行程並不包括這個地方，我不介意，又在另一幀青藍色的照片裏求取想像，幾粒沙礫從畫冊掉下來，在我掌心透露安詳的亮光，也許風景會有眾多變貌，我珍惜我看到的一面。

紀念牌

早晨的游泳池沒有泳客，水也停止流動，留在長方框裏，恍若一幅漂洗的藍布等待染綠，陽光時隱時現，水如酒，反映白色的光和慵懶，偶然風頑皮地鑽進池底騷擾沉睡的水，水懊惱地鼓腮，好一會又平復下來。行程沒有包括游泳池，我們帶著肅穆的心情來到革命烈士的紀念祠堂，時間未到，通往歷史的大門半掩，導遊提議我們先去參觀古宮殿般的大飯店，就在高速公路下面，游泳池閃爍著像從地底透出的光，我們懷著太匆促的心情，來到異地旅行也不休止，旅行團的編排緊密，恐怕鬆懈一下便會接到旅客投訴，然而雄偉的交響樂也有靜默的時刻教人低迴，綿延的油畫需要一角空白來喘息，我高興在煙塵中看到游泳池，得到片刻的鬆弛。游泳池也有一個故事，導遊說以前這裏只有一道淡水河，因為船隻經常挖掘砂石，河底藏著無數深坑，是遊樂的禁地，一個十四歲少年到來游泳，果然被捲進旋渦裏，以後政府開始注意兒童的育樂，便興建了游泳池，還用遇難少年的名字命名，事實不是這樣，游泳池旁立著一個紀念碑，說的是另一個故事。少年為了拯救一名墮水的小童，才會犧牲自己。

傳說中的頑童變成英雄，我感到有點荒謬，開始懷疑所有聽來的故事，每到一個地方，我總走在導遊旁邊，渴望多得到一些資料，加深對地方的印象，沒有想到導遊可以信口雌黃，我只接收到一些假象，問題是虛構的話往往更加動聽，譬如游泳池的故事，我寧願相信是一次看來犯規實在正確的行為，回家之後我讀一本遊記，知道事情發生在民國五十四年，我漸漸感到釋然，畢竟是很多年前的事了，經過幾番轉折，導遊打聽到的可能是另一個故事，重要的是能引起我注意一些富有紀念性的地方，我們固然隨處看到總統的頭像，公路上還有殉職工程師的紀念橋，聽說海島遊覽區也有義勇救人的烈士銅像，旁邊都附有紀念牌，不是身分而是行為本身，總統與平民可以相提並論，我感染到地方的人情味，我們不是完人，無可避免卻要面對種種責任，因為疏懶我們找尋藉口，逃避不了我們口出怨言，卻有一些小人物默默發揮美的一面，所以紀念牌還是需要存在，不讓我們記起偉大，只是當我們做了一些小事想到隨處宣揚，都不敢過分囂張。

博物院

前年年底母親帶回家一個月曆，是博物院的圖片一組十二幅，我在雲石桌上翻閱，看見墨竹圖碧玉花插白釉瓶竹雕筆筒，然後雲石的寒氣昇起，透過紙張滲入我的掌心，我要求母親把月曆掛在我的房門後面，一份月曆不能幫補甚麼，起碼不能掩蓋房門脫鬆的部份，門閂還是生銹，我試著用濕布擦拭門鎖，只是塵埃不去，夜裏關上房門，漆油驀然移動，卻是一隻同色蟑螂肆意橫行，只是客廳裏的燈光投射進來，月曆在半明半暗中更像反光的玻璃櫥櫃，裏面的收藏品帶點冷傲，終又說出心裏的話，我便懷著溫柔的感應安然睡去。我開始想起博物院，以前我很少踏進去，我不能埋怨這裏只有狹窄的藝術空間，四方框內我們依然可以學習歌唱，只是我從門前走過，古物像學究般留在櫥窗裏，虔誠的人圍觀，氣氛莊嚴得像一個講座，空氣裏充滿熊熊的聲音，我看不見人群，聽得一串遠古的方言，只感到害怕，博物院忽然膨脹和不可捉摸，現在我揭起月曆便看到收藏品，感覺上就接近得多，我還是個門外漢，只是懷著誠意總會有所發現，就拿西周的服方尊為例，在簡單的雕紋裏，起初我只看到原始和威儀，漸漸器皿忽然出現一張頑皮的臉譜，我知道服方尊在古代的祭祀裏用來盛酒，我想像它站在祭壇上板起面孔想要驚嚇世人。唐朝的匠人也流露稚趣，他們會把白釉瓶的瓶耳雕塑成一雙俯首的龍含著瓶的邊緣，瓶身仍然粗糙，因為放進窯裏燒時白釉與瓶的收縮做成裂縫，然而光在瓶身流轉，我仍然看到它高貴的一面。明朝的匠人喜歡用強烈的色彩表示光明愉快，譬如五彩蟠龍蓋罐，紅色的主題外，還有綠色藍色黃色的配襯，因為罐的線條小巧比較豐滿，倒給人趣緻的印象，對於同一時代的掐絲琺瑯花鳳方瓶，我始終存著偏見，琺瑯給我的第一印象是晶瑩透剔，方瓶的色彩卻嫌過分繁複豔麗，花鳳展翅欲要飛上雲端，也不能把觀賞者帶到一個空靈的境界。

相較起來，我寧願選擇清朝的福壽三多盤，匠人摒棄流行的紅色，採用綠色棕色黃色，於是有人說吉祥的氣氛被沖淡，在圓潤的果實裏我反為感到淡淡的喜悅，也是出自清朝的碧玉鰲魚花插更值得留意，不止因為碧玉細緻地呈現魚的紋理，還有木座裏起伏有致的波浪，可以感受到雕刻刀輕輕的拂拭，聽說花插要表現鰲魚隱伏三千年後一躍而起的景象，工藝在匠人大膽自信的刀鋒下也臻至高峰，月曆沒有按著年代排列每一件收藏品，從西周追蹤到清朝，我覺得工藝已經從簡單趨向俗豔再而變得沉著成熟，紙頁像沙漏般在我指間滑過，我見證一段成長的歷程。月曆收集四幅古畫，有意無意呈現四季的變化，二月裏我們看到北宋的〈墨竹圖〉，暗棕色的背景配襯墨綠的竹，容易讓人記得冬天和黯淡，文同卻生動地勾畫出片片竹葉，在沉鬱裏平添一份生趣。四月的緙絲桃花畫眉其實不是一幅古畫，而是南宋的一幅織錦，只是朱克柔巧妙地編織出畫的細緻，也被輯進《鏤繪集錦冊》裏，畫眉探出好奇的頭，桃花開得燦爛，我立刻聯想到春天。在炎熱的七月裏最好觀賞元朝的〈谿山高逸圖〉，山與樹佔的篇幅很大，王蒙卻能細緻地描繪山的曲線樹的紋理，展現一片浩瀚，人物是散佈得恰到好處的幾點，隱士躲在茅寮念詩，書僮站在旁邊侍候，門前一隻白鶴嬉戲，畫的前方一個友人踏過石橋到訪，我不用喝冰涼的開水，已經暑氣全消。當我翻到十一月的〈丹楓呦鹿圖〉，我意味到秋的來臨，值得留意是鹿和大地都是相同的栗色，彷彿鹿群甘願溶化在低沉的氣候裏，楓樹則有紅色黃色白色的層次，表現大自然的姿彩和莊嚴。我差點忘記清朝的剔紅雕漆「四輪輦」式三層套盒，它實在像一件玩具，小心留意可以看到套盒上精緻的雕紋，不是普通一件玩具可以比擬。在眾多的收藏品裏，我特別偏愛清朝的竹林七賢筆筒，我們已不可能重返魏晉的清談生活，只是筆筒出現眼前，我看見七位賢士或者彈琴讀書或者弈棋喝酒，心中自有一份優悠，我尤其喜歡竹林的立體雕塑，帶來深遠的意境和喜悅，總有一些日子可以保留，月曆已經是去年的物事，我翻到竹雕筆筒的一頁，就讓它保留到今天。

當然不能說我已經擁有整座博物院，月曆只是吸收了一些灑下來的粉末，所以當旅遊車驀然停在博物院的下面，我還是有點手足無措，博物院是紅磚綠瓦的設計，站在高處就像脫離時代的帝王夢，穿過重重石階我望上去，感覺就像錯綜的枝椏探往天空，上午的太陽溫柔地熾熱，透過縫隙在石階上留著光影，隨著風過輕輕地顫動，就像一些細碎的歡喜，我在博物院前等待導遊購票入場，淙淙的噴水池聲進一步把我淨化，導遊沒有教給我們甚麼，他會帶我們看一個青色的鼎，座落大堂就像寺院的焚香爐，後來知道鼎是用來燒飯，倒也覺得有趣，導遊說古代婦女有十三種飾物，我看圖辨認櫥窗裏的名字，熟悉的簪釵環珮之外，我已經忘記了其他，未到博物院前，導遊已經屢次提到小白菜肥豬肉，我們到陳列室參觀，射燈下玉石儘量模仿物的形態色彩，我想這應該不是博物院的全部，透過放大鏡我看到欖核上的一艘雕船，極限的空間裏盛載無數螻蟻一樣的人，我沒有感動，想著雕刻的匠人帶有接近自虐的狂熱，其實我更珍惜自由活動的時間，隨處遊蕩，我還不會完全素描博物院，只能記敍一些零星的印象，聽說博物院的展品每三個月更換一次，有限的時間裏，恕我不能詳細記錄，在陰暗的陳列室裏，我感受到宗教的狂熱，不是博物院能源短缺，而是故意製造氣氛好讓我們返回過去，我看到壁櫃裏種種的青銅器，循著商朝西周春秋戰國秦漢的時代整齊排列，再依照實用價值分為食器酒器水器數類，室中央還有抱柱櫃展示器形演變。面對沾著塵土的褪色器皿，我們得到甚麼？博物院深知道我們的疑問，展廳右側末端就闢出視聽室，用三組幻燈片解說，總算讓我一知半解，神話傳說始終是古中國的文化，因為敬畏鬼神，人們會把先人厚葬，並且在每一個節日祭祀，饗宴先人便用器物盛載酒食，青銅器就有大量需求，在殘缺的文物前瀏覽，我想到匠人可否會被王侯苦苦相逼，在低沉的政治氣候裏，他們似乎沒有退縮，還用這個機會嘗試新的雕刻技術，透過瑰麗的紋飾，我相信匠人還是愉悅的。

我體會到甜美生活是在另一間陳列室，我看到從北宋到清朝的瓷器，以為瓷器只會流露情感，旁邊的文字說明思想哲學也可以包容，宋朝的瓷器就分為民間御用兩種，民間的製品發揮率真樸實的情趣，御用的瓷器反映理智內省的精神文明，到了元朝又演變為外揚的國際性，這裏也有視聽室，藉著影片介紹器物的製作過程，匠人先用水把石粉瓷土捏成杯狀，放進高溫度的窯裏，出來之後遊戲並未告終，素燒還得加上彩繪和釉，接受另一次燃燒，本來是青色的泥土，單憑一雙纖巧的手，生活變得華麗燦爛，這就是藝術的喜悅吧！我還不能完全領略，來到國畫展覽廳，久仰的〈清明上河圖〉巨畫沒有展出，和另一幅〈漢宮春曉〉濃縮為複印畫，在販賣部發售，我有點失望。倒看見梅畫特展，在我印象中梅是粉紅色的，隨著墨竹圖的興起，畫師也會用墨漬法和圈花瓣法表現花朵，不施任何色彩，甚至用書法筆趣描寫梅枝老幹，我喜歡真相與我的想像違背，可以增加經驗。不用紅色白色畫面，反為突出它的超逸雅致，當然國畫展覽還有其他，就是這些古畫照亮我的視野，我在暗棕色的山水穿插，一名外國女子忽然用電筒照射畫面，旁邊幾個青年圍攏，手拿著筆記簿，想是藝術學院的學生，老師已經講解，說國畫的魅力在於把大自然濃縮後，仍然保持莊嚴色彩細部比例，我偷偷地跟在後面，直到他們離開，我在外國人的口中重新認識自己的文化，旅程是荒誕而美麗的。

參觀博物院後再到陶瓷公司也是一次奇異經驗，就像剛看過古裝片又在路上遇上古裝的人，我不想再描繪工場，經已在影片裏看過，我們來到畫室，多位畫師聚集在長方桌前，描瓶的時候我並不在意，不想看畫師大量生產行貨，卻有幾名畫師在紙上畫草圖，就像寫文章的人先起稿，他們不是一氣呵成，有時候會停筆望出窗外，從幻變的雲彩捕捉靈感，我們為甚麼一定要面對實物寫生？只要平日小心觀察，腦海也有構圖，風景是畫的永恆主題，就讓每個時代各自表現自己的觀點，一個畫師開始把畫稿臨摹到瓷瓶上，我忽然想到博物院，多少年後畫師終於逝去，瓷瓶仍然有機會被運到博物院，好讓圍觀的人記起這個時代，我便無端感動，想著文化的延續和繼承。

夜生活

我坐在鮮果店，看年輕的團友掏盡袋裏的硬幣，喝飲最後一杯木瓜牛乳，想到旅程快要結束，我們頓時感到疲倦，他們憔悴的臉容仍然充滿光彩，滔滔不絕地追憶這幾夜的生活，每一晚他們到夜總會裏追求豪華，另外的夜裏他們躲在歌廳感染地道的氣氛，這裏的彈球遊戲電視遊戲都比較便宜，他們又找到宣洩的機會，辛苦的積蓄就糊里糊塗地花光了，他們沒有後悔。

在毫無拘束的笑聲裏，我也試著重溫自己的夜生活，多天來我只乘坐過三次計程車，這是我唯一引以自豪的事情。不是吝嗇，很多時候我會覺得疲倦，後來同事約我到咖啡店喝啤酒或茶，價錢比較坐計程車還要昂貴，只是我們腳踏在異地的地板上，感覺始終是比較堅實的。我們從地下商場出來，並不習慣過於暗淡的街燈，馬路上的車輛隨意亂竄，我們經常閃避從後面衝上來的電單車，只是我們多去問路，於是遇到不同的臉孔，在百貨公司門前我們看到市政局的慈顏，望過去是一列長椅，旁邊還種著樹，就像小心的傘遮擋疲倦的塵埃，夜裏行人的臉彷彿都在幻想，並不急於工作，我們經過一些燈火通明的熟食檔，霧氣緩緩上昇像伸一個懶腰，更多的人聚集在市中心的休憩處，有一句沒一句地閒聊，或者索性沉默，滿足地看自己的孩子奔跑跳躍，開門的店鋪也不急著營業，只想為無風的晚上透進一點空氣，我們進去買不到合適的鞋，店員便蹲下來，撫摸門前的一隻狗，向我們訴說一些狗的故事，偶然一件恤衫吸引我的注意，我走進服裝店，櫥窗裏的燈飾頓時放光，隨著我們離去便告熄滅，我在驚詫之後沒有想到諷刺，我尊重別人的生活方式。

與舊同事相遇，應該在甚麼地方聚舊呢？同事提議到的士高尋樂，在單調吵鬧的節拍裏，我們能夠傾談甚麼？最後我們選擇了大牌檔，喝著稀飯，八碟菜餚在筷子下打轉像說不完的話題，我們咀嚼過去，偶然一些趣事讓我們嚐到甜美，在共同的追憶裏往事變得豐盛，我們認識更深，大牌檔的東主忽然面露張惶，時間接近午夜，巡警就要管制路邊的燈火，我們意猶未盡，不想放下筷子，寧願把碗碟搬進店鋪，繼續點燃一顆燈泡。

百貨公司

我該怎樣描寫這間百貨公司？並不認識它，導遊說它在天臺上興建了遊樂場，它便形成風景在我眼前等待，接著一個聲音說它的名聲在東南亞首屈一指，我就更加渴望，名字吹在風中特別顯得巨大。百貨公司不是空中堡壘，更像一座舞臺，我聽見熱騰騰的聲音，嗅到霧一般的香氣，進去之後便否定路的真實，像個藝人腳步輕浮，售貨員仍然站立著像纖維模特兒，想是過度興奮，隨著電梯我想直上天臺，結果在二樓的男裝部停步，便服與運動衫留在衣架，沉默裏帶著某種韻律，驅使我去撫摸幻想，留連了一小時。這樣說時我似乎把百貨公司過度美化，甘願成為一個崇尚享樂主義的人，情形不是這樣樂觀，既然我已看過摩天輪過山車，天臺的遊樂場不是一樁意外，至於讓我激動的恤衫，一摸之下只是粗糙的布，固然山雞換過了幾根羽毛也變不了鳳凰，剪裁不夠水準還收一流價錢也不公平，我寧願說百貨公司是城市的陷阱，遊客特別是狩獵的對象，如果盲目不去分辨，總會墮進無底的慾望裏無法自拔，我試圖準確描繪百貨公司的真面目，又該怎樣解說自己的行為？事實是我買了一件黃地橙色間條寫著英文字的恤衫，決定改送一條藍色圖案的汗巾給友人，我找到了畢加索名畫和石濤山水的明信片給友人，現在貨物都藏進我的抽屜裏，我甚至沒有拆開包裝紙，在本地的百貨公司，我肯定不會這樣愚蠢，然而人在異地，百貨公司彷彿海市蜃樓，消失之後並不再現，想是這個觀念令我瘋狂。鞋帽部的一件事似要提醒甚麼，記得同事試穿新鞋，我也看中一雙白底藍面的皮鞋，優雅的線條讓我心動，結果我並沒有購買，事實證明我不是完全失去理智。

不能把罪過都歸咎於百貨公司，城市總是充滿誘惑，百貨公司到底需要存在，起碼它是貨物的總匯，何止百樣，人們不用從街頭走到街尾，只為找尋一把梳，說森林是大地的呼吸，其實玻璃櫥窗之間也有光的流動，在禮品部我就看到一些精緻的小雕塑，顯示刀的幽默感，書架上我找到熟悉詩人的名字，抽出書來暗念幾句，商業氣氛就被沖淡，逛公司可以是一種情趣，問題是抱持的態度，若再追問，我說百貨公司是文明的縮影，或多或少流露一個城市的情調。

瑪瑙

瑪瑙瑪瑙，不是兩個硬綳綳的單音，帶著舞蹈感從一個音符轉到另一個，我從友人口中聽過，也試著念兩遍，這便記住，旅行團的闊太太特別偏愛瑪瑙玉鐲，飯後她們慣常隔著商店的玻璃櫥窗欣賞，我沒有湊熱鬧，偶然店員拿出一隻，送到闊太太的眼前，我只看見光在燈下旋轉。坐在旅遊車裏她們仍然念念不忘，只為價錢過於昂貴沒有購買，趁著車未開動，她們又忍不住走回商店裏討價還價，瑪瑙並不代表永恆，這是它的魅力。

甚麼時候我也想到買隻瑪瑙玉鐲送給母親，她的手再不柔軟，每天她要洗衣炒菜打掃地方偶然搓搓麻將，我該表示一點心意，想像玉鐲套在她的手腕，就像淺淺的光環輕曳在樹枝間。我經過飯店的小賣部，終於毫無遮掩看見瑪瑙，在籐籃裏互相依傍，時而紫紅時而青黑，偶然黑白相間，彷彿一場沒有標價的色彩變奏。我戰戰兢兢地上前問價，店員溫柔作答，在幽雅的燈光下，價錢倒也合理，我便全心等待做導遊的友人到來助我挑選。過程中，我倒學會了一些鑒賞的知識，瑪瑙放在燈下是不能呈現裂痕的，黑點也會損害它的完美，最好在純黑中帶著白綠，可說是福祿壽的顏色，友人忽然挑選一隻玉鐲，本來流露瑩白光彩，我從旁邊看去，玉鐲似是凝血，像胚胎與母體血肉相連，我決定買下來。友人說，要是我能早些立定主意，她可以在山地的商店免費取來一隻，她拔刀相助，我已經心存感激。我沒有把瑪瑙玉鐲放在旅行袋裏，害怕它經不起物件的碰撞，我把瑪瑙當做貴重的首飾，決定隨身攜帶，我小心迴避每一個人，終於安全運抵家中。母親打開包裝紙，冷靜之中帶著驚喜，玉鐲完美無瑕地呈現在她的眼前，可是玉鐲並不切合她的手腕，她安然地脫下，掩不住失望的神色，母親說要代我收藏，找到適合的人便拿去轉贈，我心不在焉，瑪瑙洩氣成橡皮圈。

辭海說：瑪瑙是由蛋白石玉髓石英在岩石的空隙中漸漸沉澱而成，鏤刻之後可以用做杯盤和裝飾品。

本輯文章原載《香港時報》「七個大拇指」專欄一九八一年五月三日至七月二日之間

後記

Book a Trip—To Bob, with love

惟得

說到寰宇村，有時候彷彿一個笑話，可不是嗎？語言幾曾國際化？語帶雙關聲東擊西指桑罵槐都是一個國家民族的專利，豈容另一種語文傳神地翻譯出來？就拿「Book a Trip」這句英文詞語，簡簡單單當然可以譯作「預訂一段旅程」，「Book」作為名詞，又可以指執在手中的印刷品，執子之手，與子終老，花一元數角從坊間買本書回家，一生享用不盡。當然科技突飛猛進的今天，在「Book」前加一個鬼祟的「e」字，變成冷板上的幻影。然而我是與時代脫節的人，無論「Book」或是「書」，對我來說都是精裝的紙頁，散發字香。書是我的月宮寶盒，年少無知的小時候，給我千奇百怪的神話世界；人細鬼大的思春期，教我嚮往男女以至男男女女的風流韻事；書給我茅塞的腦袋打開一條生路；及至天涼好個秋的不惑之年，事先替我抒發生命的慨嘆。讀罷一本好書，掩卷後固然傾慕作者的才華，妙想天開也想到作者生活過的地方走一轉，算是書以外的流連。起初只是旁支，經過一個洲一個省，知道作家曾經在這裡蜻蜓點水，順道去看一看，不知不覺變成專誠拜訪，路從書上起，當真是「Book a Trip」。

作家的故居紀念館通常圖文並茂，起初我也只是水過鴨背的看，逐漸感到暴殄天物，索性拿著紙筆抄錄。這個時節，人類最普及的奢侈品是智能手機，我依然堅持近乎倉頡結繩記事的方式，難免惹來訕笑，然而旅遊時未必接駁到電腦，記事簿倒方便我隨時參考，人在抄寫時，迷迷惘惘，墮進老僧入定的狀態，也容易與環境水乳交融。儘管招來白眼，我也獲得一些青睞。兩年前到北京美術學院參觀《悲鴻生命——徐悲鴻藝術大展》，守衛見我用短鉛筆抄得辛苦，張羅了一枝原子筆，那時候，我雙眼做的雷射手術出了毛病，看小字如捕捉蚊蠅，原子筆跡倒幫忙我尋回思路。在德國的古藤堡博物館抄錄印刷的歷史，守衛又為我端來一張摺椅。細數淵源還有北京老舍故居紀念館的尉苗小姐，冷眼見我自虐般站着抄寫了大半小時，遮來瓶裝水慰勞，閒談間，又邀請我指正英文版本的謬誤，我的外文水準有限，慌忙找來夥伴充當審閱，尉苗小姐非常認真，不見得有大錯，和夥伴斟酌間，依然用手機拍下疑點，說過後會考慮更正，投桃報李，還贈送夥伴一本英文寫的老舍傳記，夥伴原本對老舍毫無認識，這下與我又有新話題，尉苗小姐知道我們接着會造訪魯迅故居紀念館，特別為我們繪畫地圖和行車路線。我們來到蘇黎世ETH圖書館的馬克斯弗里施資料館，玻璃櫃的德文令我摸不著頭腦，即管詢問坐在服務臺的管理員，看看可有英文單張，他卻熱心地找來圖書館主任當我的導遊。是個三十多歲的小伙子，方框眼鏡只加添他的清秀，引領我到每個陳列櫃前，詳細為我講解，今天我還嗅到他口吐的咖啡芳香，過後他贈我一本中譯的《施蒂勒》，可惜我不爭氣，一直未能寫出一篇關於弗里施的文章。

貴人也不一定要出路才可以遇上，身畔就有一位，每次出遠門，我總遞給夥伴一張清單，他上網搜集資料，從 google 打印出一張張地圖，到時按圖索驥。居住在香港時，初到荃灣大會堂我也會迷途，自然歡迎一根盲公竹，也多虧這匹識途老馬，這本書的旅遊文章才可以寫出來。

既然心存感激，不如開列善長名單，初文出版社的黎漢傑社長，不止多次仗義為我申請出書，今次還專誠邀得麥華蒿先生寫序，謝謝兩位，香港藝術發展局三番許我圓夢，在這裡也鞠躬致謝。

從書本走出來的腳印遍佈歐美，重蹈中港，卻少了一個「臺」，當然寶島藏龍伏虎，只是自己多年來孤陋寡聞，本月初才亡羊補牢，希望在另一本書可以收集到臺灣作家故居的文章，不至太晚，暫時先附上多年前初遊臺灣的印象，算是彌補看不見的足跡。

完稿於二〇一九年十二月二十九日北溫小屋

瑪瑙

【本創文學 31】
路從書上起

作　　者：惟 得
責任編輯：黎漢傑
設計排版：Zoe Hong
攝　　影：Robert Farringer
法律顧問：陳煦堂 律師

出　　版：初文出版社有限公司
電　　郵：manuscriptpublish@gmail.com

印　　刷：陽光印刷製本廠

發　　行：香港聯合書刊物流有限公司
香港新界大埔汀麗路 36 號
中華商務印刷大廈 3 字樓
電話 (852) 2150-2100 傳真 (852) 2407-3062

臺灣總經銷：貿騰發賣股份有限公司
地址：新北市中和區中正路 880 號 14 樓
電話：886-2-82275988
傳真：886-2-82275989
網址：www.namode.com

版　　次：2020 年 5 月初版
國際書號：978-988-74583-3-3
定　　價：港幣 108 元 新臺幣 330 元

Published and printed in Hong Kong

香港印刷及出版

香港藝術發展局
Hong Kong Arts Development Council 資助
香港藝術發展局全力支持藝術表達自由，本計劃內容並不反映本局意見。